JN011222

「――皆様、ただいまご紹介に与りました、ユミエ・グランベルです」
「私の魔法のお披露目を以て、パーティー開会の宣言とさせていただきたく思います」

その直後に起こった現象に、誰もが度肝を抜かれた。

「なっ……!?」

それまで火の灯っていなかったシャンデリアが、一斉に煌々とした光を灯す。

(何ですの、これ……!? 転移魔法?

いえ、そんなおとぎ話の中にしか存在しない魔法、あり得ない!!)

# Contents



tensei shita ore ga kawaisugiru node aisarechara wo mezashite ganbarimasu

# プロローグ

Prologue.

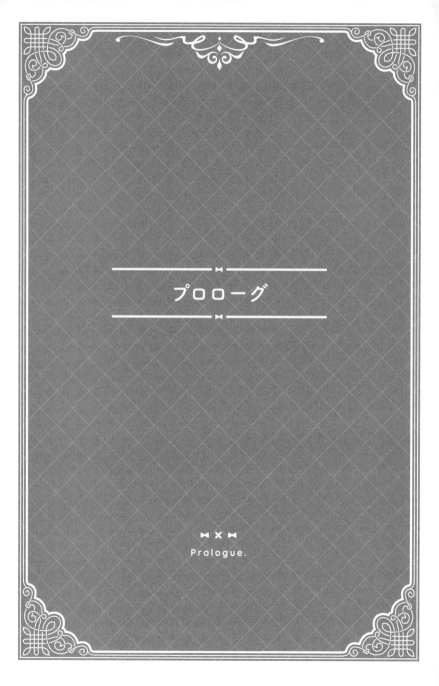

〝家族〟っていうのが何なのか、俺はよく分からない。

生まれてすぐに両親と死別した俺は、物心ついた時から養護施設で育ち、他のたくさんの子供達に紛《まぎ》れるようにして過ごしてきた。

愛情なんてない。あるのは暴力と家事労働だけ。

素行の悪い職員の目に付かないよう、息を潜めて暮らす毎日。

それがおかしいと気付いたのは、いつのことだっただろうか？

学校で、身なりの悪い俺が腫《は》れ物みたいに扱われ始めた時か。

あるいは……小さな公園で、幸せそうに遊ぶ家族の姿を、この目で見た時か。

「…………」

絶え間ない笑い声。

子供が無邪気にボールを投げ、ロクなコントロールもないそれを父親がひいひい言いながら追いかけ、ベンチに座る母親が「頑張れ」と応援する、優しい空間。

それを俺は、道路一本隔てた先から、誰にも気付かれることなく眺めている。

正直言って、羨《うらや》ましかった。妬《ねた》ましくさえあった。

俺も、あの輪の中に入りたいって。いつか俺も、あんな風に家族と過ごせたらなって。そう思った。

だから、だろうか。

両親が少し目を離した隙に、転がっていくボールを追いかけ道路に飛び出す子供の姿を目にしたのは、俺が一番早かった。

その奥から、車が突っ込んで来ていることに気付くのも。

「――――」

何やってるんだって、そう思った。

お前は、不幸《こっち》に来たらダメだろ。幸福《そこ》にいなきゃダメだろ。

そんな一心で駆け出した俺は、その勢いで子供を公園の方に突き飛ばす。

「…………!!」

何が起きたのか、子供はよく分かってなさそうだった。最後の最後までボールしか目に入ってなくて、車がすぐそこまで迫っていたことも気付いてないし、突き飛ばした俺の顔も見ていない。

それでいい、って思った。

お前は、俺のことなんて気にしなくていい。恩を感じる必要も、気に病む必要もない。ただいつもみたいに、その手にある幸せを感じて笑っていてくれ。

そういう世界も世の中にはあるんだって事実だけが、俺の希望だったんだから。

「――――!!」

「――――!!」

ようやく事態に気付いたらしい両親が、焦った表情で何かを叫んでる。

けど、その内容を理解する暇は、もう俺にはなかった。

運転手が居眠りでもしていたのか、ブレーキ音の一つもなしに襲ってきた衝撃が、俺の体を突き飛ばす。

暗くなっていく視界の中で目にしたのは、倒れた子供を助け起こす父親と、何が起きたのかと辺りを見渡す母親。そして、転んだ痛みで元気に泣く、子供の姿。

——良かった。あれなら、大丈夫そうだ。

じゃあな、名前も知らない誰かさん達。せめて、俺の分まで……ずっと幸せでいてくれよ。

そんな祈りを最期に、俺の意識は途絶えた。

第一章

# 壊れた家族の直し方

Episode.
01

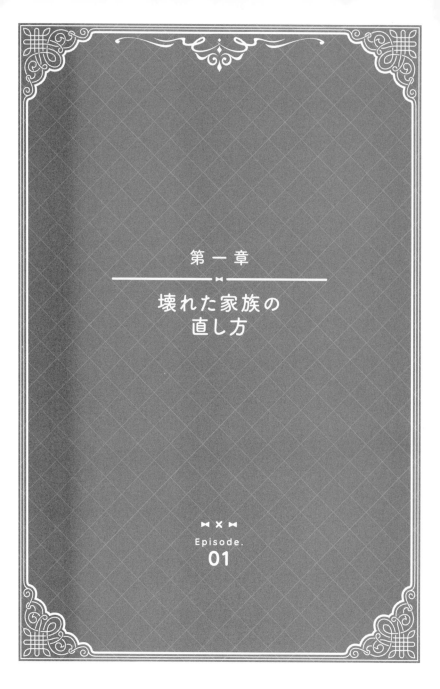

「間違いなく死んだ、はずなのに……こんなことある？」

交通事故で命を落とした。そんな記憶を持つ俺は、朝日と共に目を覚ました。そこまではい い。死んだかと思ったけど、実は一命を取り留めたなんてよくある話だ。

でも、そんな俺が鏡を覗《のぞ》き込むと、そこに映っていたのは俺の知る自分の姿とは似ても似つかない人物だった。

年齢は、僅か十歳程度。絹のように滑《なめ》らかな銀色の髪を持ち、サファイアブルーの瞳は宝石のように輝いてる。

体型こそ、まだまだお子ちゃまって感じのぺったんこボディだけど、将来は間違いなく絶世の美女になるだろうと確信が持てるほどの、天使のごとき可憐《かれん》な容姿を誇っている。

グランベル伯爵家令嬢、ユミエ・グランベル。

それが、俺の新しい名で……要するに俺は、交通事故で死に、全く異なる別の世界で、女の子として生まれ変わってしまったらしい。

「マジか……そんなことってあるんだな」

呆然《ぼうぜん》と呟《つぶや》きながら、俺は頭を抱えて蹲《うずくま》る。

前世の記憶が虫食いのように消えていき、その穴を埋めるように〝ユミエ〟としての記憶が甦《よみがえ》っていく。

そんな中で、俺はズキズキと痛む頭を押さえながら立ち上がり——

「――俺、めちゃくちゃラッキーじゃない？」

そう呟いた。

いや、だって、俺の前世って家族も親戚もいない天涯孤独の身でさ、そのせいか周囲からも距離を置かれていたというか、なんだか見えない壁があるみたいだったんだよね。

でも、今の俺は伯爵令嬢。貴族の娘だ。

前世の俺が暮らしていたところとは比べるまでもない、立派な部屋。ベッドはふかふかだし、窓には花まで飾られてるし、服装だって……なんて言うんだっけ？　生地の薄いドレスみたいな……そう、ネグリジェだ！　こんなの初めて見た。知識のない俺でもすっごい高級品だって分かるくらい、肌触りが良いの。こんな暮らし、前世の俺じゃあ想像も出来なかった。

それに何より……今の俺にはちゃんと、家族がいる。

お世話をしてくれる使用人達がいて、守ってくれる騎士だっている。ご飯も好きなだけ食べられて、超豪華なお風呂だってあるみたいだ。

それを思えば、性別が変わったことなんて些細《ささい》なことだ。……いや、些細ではないか？　まあ、些細ってことにしておこう。

ともかく、今の俺は間違いなく過去最高にツイてるってこと。

「えへへ！」

部屋を飛び出した俺は、そんな喜びの感情のままに走り回った。まだ朝みたいだけど、太陽はそれなりの高さにまで昇ってるし、迷惑ってことはあるまい。

西洋風のお屋敷はとにかく広くて、すぐにでも迷子になりそうなくらいだ。

時々すれ違う使用人達が、俺を見てぎょっと目を剝《む》いてるのは……なんでだろう、こんな格好で出歩いてるからかな？

今はちょっと、テンションが振り切れてハイになってるところだから、許して欲しい。

「わあ……」

そんな風に、走り回ることしばし。ついに俺は、屋敷の外に飛び出した。

目の前には、色取《と》り取《ど》りの花が植えられた綺麗《きれい》な庭。振り返れば、真っ白な外観を持つ立派なお屋敷。

本当に、自分が絵本の中の世界にでも飛び込んできてしまったかのような、そんな錯覚を覚えるくらいに素敵な場所だ。いや、俺絵本なんて読んだことないから、この表現で合ってるかどうかあまり自信はないけど。

「ここは……」

そんな俺の目についたのは、花畑の中に用意されたガラス張りの温室だった。

中には、そこでゆっくりお茶が出来るようにテーブルが用意されていて、外に咲いているのとはまた違った、黄色い花が植えられてる。

一面に咲き乱れたその花を眺めていると、なんだか黄金に囲まれてるみたいな気分だ。これもまた綺麗。

そんな風に、周囲の景色をキラキラした目で見入っていると……こっちに近付く、人の足音が耳に入った。

「ユミエ……！」

「あっ、お母様！　おはようございます！」

一目見た瞬間、それが誰なのかすぐに分かった。

この温室に咲く花のように輝く黄金の髪を持つ、凛《りん》とした雰囲気を放つ女性。リリエ・グランベル。

俺とは全然見た目が違うのに、すぐにこの人が母親だと思い出せたのは、それだけ大事な人だからだろう。

そう思って、俺は一目散にお母様の下に駆け寄り——思い切り、頬《ほお》を打たれた。

「えっ……」

何が起きたのか分からないまま、俺は地面に尻餅《しりもち》をつく。

そんな俺を、お母様は怒りの形相《ぎょうそう》で見下ろしていた。

「どうしてあなたがここにいるの‼　ここには絶対に近付くなと、私はそう言ったはずよ‼」

「え、えっと……それは……」

まだ記憶がハッキリしない俺は、お母様のその叱責《しっせき》の意味が理解出来ず、オロオロと戸惑うことしか出来ない。

そんな俺の状態に、気付いているのかいないのか。お母様は、怒りの表情を悲しみに変え、絞り出すように呟いた。

「ここは……私と、あの人の……!!」

「…………」

どうしてお母様がそんな顔をするのか分からず、叩《たた》かれた頬の痛みも忘れて呆然と見つめる。

そこへ、第三者が走ってくる気配がした。

「お嬢様!!　こんなところに……!!」

「リサ……」

亜麻色《あまいろ》の髪を持つ、俺の専属メイド。まだ十八歳と年若い彼女の名前が、自然と口をついて溢《こぼ》れ出る。

そんな俺の姿を見つけるなり、リサは大急ぎで駆け寄ってきた。

「奥様、申し訳ありません!　お嬢様は病み上がりで、まだ意識がハッキリしていないだけなのです!」

「なら、あなたがちゃんと見ていなさい!!　もう二度と、ここに入り込めないようにね!!」

「はい、重々承知しております……!!　さあ、部屋に戻りましょう、お嬢様」

「う、うん」

リサが深々と頭を下げ、俺を抱き上げて急いでその場を離れる。

重くないのかな、と思ったけど、俺の体が軽いのか、全然平気そうだ。

そんなわけで、あっという間に部屋に戻された俺は、そのままベッドの上に降ろされ、腫《は》れた頬を治療されることに。

「……これなら、少し冷やせば大丈夫そうですね。良かった」

心底ホッとした様子のリサが、労《いたわ》るように俺を撫《な》でる。

その優しい手つきに心地よさを覚えながら、俺は思い切って尋ねてみた。

「ねえ、リサ。お母様、どうしてあんなに怒ったの？」

「それは……」

今更そんなことを聞く俺を不思議そうに見つめながらも、リサは丁寧に説明してくれた。正直、助かる。

「あの温室は、奥様と旦那様が愛を育《はぐく》まれた、思い出の場所だそうです。そこにお嬢様が立ち入ることが、我慢ならないのだと……」

「なんで俺はダメなの？」

「それは……」

言うべきか迷うように視線を彷徨《さまよ》わせながら、リサは続きを聞かせてくれた。

なんと俺、この屋敷を追い出されたメイドと、お父様との間に出来た婚外子《こんがいし》らしい。

「ある日突然、旦那様が新しい家族だとお嬢様を連れてきた時は、私も含めた屋敷の誰もが驚きました。中でも、奥様の動揺は大きく……それ以来、旦那様とは顔を合わせる度、喧嘩《けんか》ばかりしています」

以前は、とても仲の良い夫婦だったのですが。と、リサは溜《た》め息《いき》を溢す。

直後、まるで俺のせいで屋敷の雰囲気が悪くなったと言っているようなものだと気付いたのか、慌てて弁明し始めた。

「大丈夫です、奥様も、本心からお嬢様を毛嫌いしているわけではないはずです。今は荒れていますが、きっとすぐに仲直りして、お嬢様のことも受け入れてくださるはずですから」

確信というより、こうなって欲しいと願うように、リサは語る。

そっかぁ、そんな事情があったのね。

「お父様は、どうしてるの?」

「……国王様の体調が芳しくないため、その対応でお忙しいのだと……このところずっと、屋敷を空けがちです」

「あっちゃあ……」

距離を置くための言い訳なのか、本当にただ間が悪いだけなのかは分からないけど、どちらにせよ最悪だ。これじゃあ、夫婦仲は余計に拗《こじ》れるばかりだろう。

うーん……最高の環境に転生しちゃったぜと思って浮かれてたけど、どうやら世の中そう簡単にはいかないみたいだ。

「うーん……」

説明の傍ら、ネグリジェから着替えさせて貰《もら》ったドレスの裾を摘《つま》み、鏡の前に立ってみる。くるりと回るのに合わせ、ひらりと揺れるスカート。

慣れない衣服に違和感は強いが、白銀の天使とも言うべきユミエの容姿に、淡い空色のドレスはよく映えていた。

自分で言うのもなんだが、やっぱりめちゃくちゃ可愛い。

こんな子が義理とはいえ家族になるって言われたら、俺なら喜びのあまり一日中転げ回る自信があるね。

「よし、決めた」

「決めたとは……?」

「お父様とお母様を、仲直りさせる」

俺の言葉が意外だったのか、リサは目を見開く。

けど、これは俺がやらなきゃいけないことだと思うんだ。

「俺のせいで、お父様とお母様の仲が拗れたんなら、それを正せるのも俺だけだと思う」

「そんなことありません！　お嬢様は、何も悪いことはしてないのですから！」

確かにリサの言う通り、俺はただ生まれてきて、お父様に連れてこられただけだ。誰が悪いって言うなら、婚外子なんて作ったお父様が悪いし、ましてやそのことについてちゃんと理解を求める前に俺を連れてきたっていうのが更に悪い。

お母様もお母様で……事情が事情だとはいえ、その怒りを子供の俺にぶつけるなんて、正直間違ってると思う。

でも、だからなんだって話でもあるんだ。

「俺が悪くないからって、何もせずにじっとしてたら状況は良くなるの？」

「それは……」

黙り込むリサを見て、流石《さすが》に意地悪な質問だったかなってちょっと心苦しさを覚えた。

だから、沈んだ空気を変えるべく、俺は精一杯明るい表情で口を開く。

「それに何より、俺もお母様と仲良くなりたい。ちゃんと家族だって認められて……あの温室で、一緒にお茶とか楽しみたいんだ」

前世の記憶はどんどん薄れて、もう思い出せることなんてほとんどない。

だけど、あの光景だけは——名前も顔も知らない家族が、仲睦《むつ》まじく公園で遊ぶ光景だけは、今も心の中に残ってる。

俺もあんな風に、〝家族〟に囲まれて心から笑えるような毎日を送りたい。それが俺の夢で……今、手を伸ばせば届くところにそれがある。

なら、伸ばさないなんてあり得ないでしょ？

「大丈夫。だって俺、可愛いもん」

前世の記憶は薄れたけど、知識の大部分は残ってる。

その中には、万物の真理たるこんな言葉があった。

可愛いは、正義だと。

正義は、必ず勝つのだと。

つまり……可愛く生まれ変わった今の俺に、乗り越えられないものはない！

家族全員、俺の魅力でメロメロにしてやるぜ‼

「ぷっ、ふふふ……確かに、こんなにも可愛らしいお嬢様の魅力に気付くことが出来れば、どんな人でも籠絡《ろうらく》されてしまいそうです」

胸を張って断言する俺を見て、リサは初めて笑顔を見せてくれた。

その笑顔を見ているだけで、なんだか俺の胸までぽかぽかと温かくなるような、そんな感覚を覚える。

その温かさに釣られるように、俺も自然と笑みを浮かべ――ただ、と。

一言だけ、リサに釘《くぎ》を刺された。

「お嬢様、先ほどから気になっておりましたが……ご自分のことを〝俺〟などと呼ぶのはおやめください。それは可愛くありません」

「…………」

確かに、貴族令嬢が俺口調なのは、よく考えなくてもあまりよろしくないだろう。

でも、うん、そうか……俺っ子、ダメですか……。


俺……もとい、ユミエは、つい昨日まで高熱に浮かされ寝込んでいたらしい。

つまり何が言いたいのかというと、ずっと寝ていたせいでお腹《なか》ペコペコだということだ。

そして、現在の時間帯はちょうどお昼頃。普段は自分の部屋で食事を摂《と》るのが基本みたいだけど、今日は久し振りにお父様もお屋敷にいるそうだし、思い切って家族の輪に飛び込んでみることにした。仲直りさせるにも、家族の現状がどんなものか、この目で確かめる必要があると思ったからだ。

それにしても……やっぱり、伯爵というだけあってグランベル家は金持ちなんだろう。両親と、跡取り息子の長男。そして俺の四人家族だというのに、食事をするためだけの部屋がものすごく広い。

一体何人掛けなのかというほどに長いテーブルに、所狭しと並べられた豪華な料理の数々。

どれもこれも美味《おい》しそうで、前世の知識を持つ俺からしても、一目で高級品だと思うものばかり。ガラス張りの温室を見た時も思ったけど、文化水準はかなり高いな。

周囲にはメイド達が常に待機し、要望があればすぐさま対応出来るように備えていて、もはやどこの高級レストランだとツッコミたくなるほどの環境だ。

だというのに……そこには、料理を楽しむ余地も、その空気さえも存在しなかった。


「………………」

「………………」

「………………」


き、気まずい……。

いや、俺が嫌われてることは分かってたし、針のむしろに座ることになるのは覚悟していた。最悪、追い出されるかもしれないとさえ思っていた。

でも、これはそういう次元じゃない。俺の存在とか関係なく、家族それぞれが全くお互いに目を向けようとしないのだ。

食事のマナーとして喋《しゃべ》らないっていう話ですらなく、本当にただ黙々と、全員が料理にだけ目を向けて食事を進めている。まるで、誰一人視界に入れたくないとでも言うかのように。

うーん……これは、想像以上に難題かもしれないぞ……？


「………………」

どうしたものかと悩んでいると、俺の兄……グランベル家長男のニール・グランベルが、もう食事は済んだとばかりに席を立つ。

そんなお兄様に、ここに来て初めてお父様……カルロット・グランベルが口を開いた。

「ニール、食後の祈りがまだだぞ。お前ももう十四だ、そういったマナーは日頃からしっかりしておけ」

「ちっ……これでいいんだろ、これで‼」

苛立《いらだ》たしげに席に戻ったお兄様は、顔の前で粗雑に十字を切ると、手を合わせる。

この国で主に信仰されている、女神ディアナを讃《たた》える祈りの所作で、食前と食後に行うのが基本的なマナーなんだって。

そこまで熱心に信仰されているわけではなく、あくまで礼儀の一種として定着している、一つの文化みたいなもの。

だから、少し雑な祈りになったところで、そこまで目くじらを立てるようなことではないんだけど……お父様は気になったらしい。なおも、父親としての小言は続く。

「なんだその態度は。それが父親に対する口の利き方か！」

「ふん。母様がいるのに、他の女に手を出して遊んでるようなやつに、払う敬意なんてこれっぽっちもないね‼」

「ニール‼」

お父様の怒声を無視して、お兄様は食堂を後にする。

去り際、一度だけ俺の方を見たお兄様の目には、恐ろしいくらいの憎しみと——それ以上にたくさんの、やり場のない悲しみの感情が込められているように感じられた。

「お兄様……」

あのまま一人にしていいんだろうかと、心配になるけど……今追い掛けたところで、俺にはまだ、その悲しみに寄り添う資格すらない。

それに、去っていったお兄様だけじゃなく、残されたこっちも最悪の空気だ。今はこれをどうにかする方が先決かも。

「誰かさんがしっかりしてくれないせいで、ニールにまで悪影響が出始めていますね。全く、困ったものです」

「……言いたいことがあるなら、ハッキリ言ったらどうだ」

「あら？　私は何度も言っているつもりですけど。この裏切り者って」

「…………」

「またそうやって黙り込む……あなたはいつもそう!!　肝心なことは全部はぐらかして、私には何も教えてくれない!!　私がそんなに信用ならないんですか!?　私の何が不満なんですか!!」

「違う、俺はお前に不満など抱いたことはない」

「なら、どうして!!　どうしてこんな子供がいるんですか!?」

「それは……」

どこまでもヒートアップし、感情的に叫ぶお母様と、それをただ黙って聞くばかりのお父様。

ダメだ、こんなの話し合いどころか、口喧嘩にすらなってない。このまま続けても、ただ二人の仲が余計に冷え込むだけだろう。

「きゃあ!!」

「お嬢様！　大丈夫ですか？」

俺は咄嗟《とっさ》に、近くにあった飲み物をわざと倒し、テーブルにぶちまけた。

後ろに控えていたリサが慌てて駆け寄ってくるのを見て、よし、と内心で呟く。

「ごめんなさい、飲み物を台無しにしてしまって……」

「そんなことは気にしなくて大丈夫です。さあ、こちらへ」

テーブルの上を片付けるため、メイド達が忙《せわ》しく動き出す。

それを見て、少しは冷静になれたんだろう。お母様は大きく息を吐くと、食事もそこそこに立ち上がる。

「興が冷めました。後で部屋に、何か軽食を持ってきてください」

「かしこまりました」

近くのメイドにそう言うと、「ああ、そうそう」とお母様は振り返る。

「ちゃんと祈りはしないと、誰かさんに怒られるんでしたね」

嫌味の籠《こも》った声でそう言って、これ見よがしに十字を切って手を合わせる。

そんなお母様が食堂から出ていくまでの間、お父様は何も言わず、ただ重苦しい溜め息を溢すだけだった。


「さーて、これは本当に、想像以上に厄介な状況だぞ……？」

食堂を後にした俺は、自分の部屋に戻って状況を整理していた。

とは言っても、整理しなきゃならないほど複雑な状況ってわけじゃないけどね。

俺がお母様やお兄様から嫌われてるのはともかく、多分それ以上にお父様が、俺の件で二人から嫌われまくってる。そういうこと。

「俺が嫌われてるだけなら、俺が好かれれば万事解決だったんだけどなー」

家族仲を修復するには、もはや俺が受け入れられるだけじゃダメだ。お兄様やお母様を説得し、怒りを宥《なだ》め、冷静な話し合いの場にお父様を引きずり出す必要がある。

ほぼ部外者の俺に、そんなこと出来るのか？　って話だけど……俺しかやれる人間がいないんだから、やるしかない。

「となると、まず狙うのはお兄様かな」

本丸を落とすには、まず外堀から埋めよ。両親を説得するなら、その子供からだ。

なーに、男の子なんて単純だからな。可愛い俺が仲良くしたいって近付けば、さほど苦労なく堕《お》とせるだろう。

俺も元は男の子だったから、間違いない。

「よし、やるぞー！　おー！」

お兄様籠絡作戦、いざ開始。ということで、まずはお兄様の現在地を探るべく、リサに聞いてみた。

すると、この時間はお屋敷の裏庭……そこに用意された、伯爵家の騎士団のための訓練場で訓練をしているだろうとのことで、早速向かってみることに。

「あ、いたいた」

表の華やかな庭とは打って変わり、余計な物がほとんどない広々とした場所。

その中心部。いくつもの丸太を並べ立てたその場所に、剣を構えたお兄様が立っていた。

お父様やお母様とよく似た、黄金の髪。

エメラルドグリーンの眼差《まなざ》しはどこまでも強く、鋭い光を宿していて、不用意に近付くことさえ躊躇《ためら》われる。

「――はあぁ‼」

集中し、ピンと張り詰めた糸を断ち切るような裂帛《れっぱく》の気合い。その雄叫《おたけ》びに呼応して放たれる斬撃が、目前の丸太を両断する。

それだけでは終わらない。お兄様は振り抜いた剣を切り返し、その場から動くことなく何度も振るう。

「はあぁぁぁぁ‼」

剣先が、輝きを放っている。剣の軌跡に沿って生じた光が実体を持った斬撃となり、お兄様から遠く離れた位置にある丸太を次々と両断していく。

現実には絶対にあり得ない、この世界ならではの現象。人が体内に宿す〝魔力〟と呼ばれるエネルギーを使って引き起こす、強力無比な力——魔法。

それが魅せる輝きに、俺は知らず知らずのうちに夢中になっていた。

「すごい……」

やがて、そこにあった丸太が一本残らず両断された時、ごく自然に称賛の言葉が口をついて出た。

でも、そう思ったのはどうやら俺だけのようで、お兄様は苛立たしげに剣を投げ捨てた。

「はあ、はあ……くそっ‼」

悔しげに叫び、その場に座り込んで拳を地面に打ち付ける。

そんなお兄様に驚いて、俺は気付けば駆け寄っていた。

「お兄様！」

「……お前、見てたのかよ」

「はい。その、すごくかっこよかったです。なのに、どうしてそんなに悔しそうなんですか……？」

「……悔しいに決まってるだろ。こんなんじゃ、父様には全然敵《かな》わないんだよ‼」

「え……？」

俺達のお父様……カルロット・グランベルは、《一騎当千》の二つ名を持つ、この国でも最強の騎士らしい。

そんなお父様に比べたら、あの程度の剣と魔法の腕ではまだまだだと、お兄様は言う。

「お兄様はまだ子供なんですから、そこまで焦らなくても……」

「ふざけんな‼　俺が父様より弱いままじゃ、いつまで経《た》っても母様が守れないじゃないか‼」

「お母様を……？」

「そうだよ。父様があんな体たらくで、いっつも母様を傷付けてばっかりで……だから俺が、俺が父様の代わりにならなきゃいけないんだ……‼」

お兄様の想《おも》いを聞き届けて、俺は……不謹慎かもしれないけど、ちょっと感動してしまった。

食事の時、誰も彼もが口を閉ざして、やっと喋ったかと思えば喧嘩ばかりで……正直言うと、本当にこの家族の仲を修復出来るのかって、不安に思ってたんだ。

でも、こんなにもフラフラになりながら、家族のために頑張るお兄様を見ていると、希望が持てる。

この家族の絆《きずな》は、まだ消えたわけじゃない。ちゃんとやり直せるって。

「お兄様」

「なんだよ。……っていうか、お前にお兄様なんて言われる筋合いはない、やめろ」

「じゃあ、ニール様。一つお願いを聞いて貰ってもいいですか？」

「なんでお前の頼みなんか……」

「剣と魔法、私に教えてくれませんか？」

お兄様の言葉を遮って、無理やり要望を伝える。

そんな俺に、お兄様は戸惑うように眉を顰《ひそ》めた。

「だから、なんでだよ。俺はお前なんかに構ってる暇はないんだ」

「行き詰まってるんですよね？　それなら、私みたいな素人に基礎を教えることで、見えてくるものもあると思いますよ」

「素人が分かったような口利くな。お前みたいに魔力もロクになくて、体も小さいひ弱なやつが出来るほど、剣も魔法も甘くないんだよ。遊び半分なら帰れ」

「遊びじゃないです」

真っ直《ま》ぐ《す》、真剣に見つめながら告げると、お兄様は口をつぐむ。

「ニール様みたいに、強くなりたいんです。強くなって、ニール様に家族だって認めて貰いたい。……毎日、ほんの少しの時間でもいいんです。ダメですか？」

本音を言えば、強くなりたいというよりも、一緒に訓練する中でお兄様と仲良くなりたいっていう思いが強い。

でも、だからって手を抜くつもりはない。全力でやって、お兄様と少しでも同じ目線に立てるように頑張る。

「……分かったよ、少しだけだぞ」

そんな俺の気持ちが、少しは通じたのか。お兄様は溜め息を溢しながらも、了承の返事をしてくれた。

「ありがとうございます！　頑張ります！」

「おわっ、くっ付くな！　俺はまだ、お前を認めたわけじゃないんだからな‼」

「えへへ、ごめんなさい」

喜びのままに抱きつくと、お兄様に引き剝がされる。

その口調は、相変わらず嫌そうなものではあったけど——表情の方は、少しだけ、俺に笑いかけてくれたように見えた。

俺の名前は、ニール・グランベル。グランベル伯爵家の長男で、貴族には珍しい一人っ子だった。

貴族には跡継ぎ問題とかがあるから、少なくとも三人くらいは子供を産むのが普通らしくて、俺の父様や母様も、次の子供を早く授かれるといいなってよく話してた。

もし産まれたら、俺にも弟か妹が出来る。

結構歳《とし》が離れちゃうから、俺も面倒を見る機会が多くなるだろうし、兄ちゃんとしてしっかり守ってやらないと。

そんな風に、まだ出来てもいない弟妹のことを考えながら日々を過ごしていたある時、突然あいつが現れた。

「今日から、この子がお前の妹になる。仲良くしてやれよ」

俺と四つ違いの、銀色の髪の女の子。

屋敷に来たばかりのあいつは枯れ枝みたいに細くて汚くて、こんなのが妹だなんて言われても、全然納得出来なかったのを覚えてる。

それは、母様も同じだった。

「なんであんな子を連れてきたの⁉」

「それは……あの子の母親が死んだと人伝《ひとづて》に聞いてな。放っておけなかったんだ」

「だとしても、どうして一言も相談してくれなかったの⁉　あなたに婚外子がいるだなんて、聞いたこともなかったわよ‼」

「それは……すまん」

「っ……もう、いいわよ‼」

その日以来、父様と母様は喧嘩ばかりするようになった。あんなに仲が良かったのに。

あいつのせいだって、そう思った。あいつが来なければ、こんな風に家族がバラバラになることもなかったのに。

だから俺は、あいつのことが嫌いだ。あいつを勝手に家族に迎え入れた父様は、もっと嫌いだ。

それなのに……。

「ニール様、今日もよろしくお願いします！」

俺は今、その妹に毎日訓練を付けてやっていた。

何してるんだって、自分でも思う。

「よろしくって言っても、やることは一緒だよ。いつもの腕立てと走り込み、やってろ」

「はい‼」

無駄に元気な返事と共に、あいつは走り去っていく。

訓練を付ける、なんて約束はしたけど、正直教えることなんて何もなかった。

体力はないし、魔力もないし、体も小さいし。あんなんじゃ剣を振り回すことも、満足に魔法を使うことだって出来ないだろう。

これじゃあ、意地悪なんてするまでもなく、やらせられるのが基礎トレーニングだけになる。

だから、どうせあいつもすぐに飽きて、ここには来なくなるだろうって、そう思ってたのに。

むしろ、俺が小さい頃使ってた訓練用の運動着を持ち出して、長めの髪を後ろで括《くく》って、より一層の気合いを入れながら励むようになっていた。

そんな毎日が、もう一週間だ。本当に、よくやるよ。

「そんなことしたって、無駄なのに」

俺があいつを認めないのは、別に弱いからじゃない。家族を壊した元凶だからだ。

グランベル家は武門の家で、強さを貴《たっと》ぶ気風があるのは間違いないけど……それとこれとは、話が違う。

「はあっ、はあっ、はあっ、はあっ……!!」

俺に言われた通りの内容を、必死になってバカ正直にこなすあいつの姿が目に入る。

汗にまみれて、フラフラになって、今にも吐きそうなその顔は、お世辞にも貴族の令嬢が見せるようなものじゃないと思う。

でも……気付けば俺は、その姿を無意識のうちに目で追い掛けていた。

どこまでも真っ直ぐに、目標に向かって頑張るその姿が……昔の、父様と仲良く訓練してた時の俺と、重なるような気がして。

「……バカバカしい」

あんなやつのことより、今は自分の訓練だろ。

そう思って、俺はあいつに関わって無駄にした時間を取り戻すように、訓練に励む。

——その日の訓練は、いつもより一段と身が入った気がした。


「……遅いな、あいつ」

ここのところ、身にならない訓練の毎日だったから、ついつい集中し過ぎて予定より長く訓練をしていることに気付いた俺は、ふと走り込みをしに行ったはずのあいつが戻ってこないことが気になった。

……ついに諦めて、逃げ出したか？

考え得る話だ。むしろ、ここまで粘ったことを褒めてやりたいくらいには。

そう思って……けど心のどこかで、落胆している自分に気が付く。

どうせなら、これからもずっと一緒に訓練出来たらって。

「……何考えてるんだよ、俺は」

あんなやつがいたって邪魔なだけだ。いない方が清々する。ずっと、そう思ってたはずだろ。

それなのに、どうしてこんなにもモヤモヤするんだ。

「あ……坊っちゃん！」

「お前は……リサだったな、どうしたんだ？」

悶々《もんもん》と悩みながら後片付けをしていると、あいつの専属メイドが現れた。

やたらとキョロキョロ周囲を見渡し、挙動不審になりながら近付いてきたリサは、不安に駆られた表情で口を開く。

「お嬢様がどこにいらっしゃるのか、ご存知《ぞんじ》ありませんか？　そろそろ訓練が終わる時間だというのに、姿が見えませんが……」

「……先に戻ったんじゃないのか？」

「少なくとも、私は見ておりません」

てっきり、諦めて帰ったんだと思っていたのに、リサによればそうじゃないらしい。

まさか、と、俺はもう一つの可能性に思い至り、一目散に走り出した。

「坊っちゃん!?」

俺が指示した走り込みのルートを、全力疾走で駆け抜ける。

すると……その途中、倒れ込んでいるあいつの姿が目に飛び込んできた。

「おい、お前!!　大丈夫か!?」

「ニール様……あいたたた、すみません、走っていたら足がつってしまって……それで、少し休んでいました」

「……診《み》せてみろ」

足がつったとは言うものの、どちらかというとそこで転んで受けた擦り傷の方が酷《ひど》い。よっぽど派手に転んだんだろうな。

「……頑張り過ぎだ、バカ。いくら俺に言われたからって、少しは加減しろ」

ひとまずの応急処置として、水の魔法で軽く傷口を洗ってやる。

治癒の魔法でも使えたら良かったんだけど、あれはどうも俺には難しくて、習得出来てない。

騎士を目指すなら、これくらいはその場で治せなきゃダメなんだけど。

けれどこいつは、それとは全く別のことについて、文句を言ってきた。

「だって、私の訓練内容なんて、ニール様の半分にも届かないじゃないですか。それで頑張り過ぎだなんて言えません」

……俺がどんな訓練をしているのか、知ってたのか。最近はもう、父様や母様だって見てくれないのに。

そんな些細なことに驚かされながらも、それを隠すように素っ気ない態度を取る。

「俺はお前と違って、もっと小さい頃からずっと頑張ってんだよ。だからその分たくさん頑張れるだけだ、一緒にすんな」

そう、一緒にしちゃいけなかったんだ。

それなのに、俺はそれをあまり考えることなく、こいつには多過ぎるくらいの訓練量を指示してしまっていた。

反省しなきゃな、と思っていると……そんな俺に、こいつは膨れっ面を向けてくる。

「一緒ですよ。ニール様だって、無茶な訓練をしているんでしょう？　毎日、終わる頃には私に負けないくらいフラフラじゃないですか」

気付かないとでも思っていたんですか？　と言われ、俺は言葉を失う。

確かに、ここ最近の俺は訓練の量を増やして、少し無茶をしてた自覚はあるけど……まさか、単に訓練内容を見られていただけじゃなくて、そこまで気付かれていただなんて。

無駄に鋭いやつめ、と、俺は心の中で呟く。

「……俺のことはいいんだよ。お前のメイドが心配してたぞ。ほら、立てるか？」

「大丈夫で……あたた……！」

立ち上がろうとしたこいつは、足を押さえてひっくり返る。

どうやら、擦りむいたところだけでなく、つった足もまだ治りきっていないらしい。

……運動前のストレッチも、こういう時にするマッサージも、全然教えてなかったな。

「ほら、摑《つか》まれよ」

目の前でしゃがみこんで、背中を向ける。

おんぶしてやる、と言外に示す俺に、こいつは少し迷うように呟いた。

「いいんですか？　その、今は私、結構汗だくなんですけど……」

「そんなの俺も一緒だよ。……嫌だったか？」

「全然そんなことありません！」

飛び掛かるくらいの勢いで、俺の背中にしがみついてくる。

少しは落ち着け、と思いながら、俺はこいつを背負って立ち上がった。

想像していたよりも、ずっと軽い体だ。

その癖、運動したばかりの体は火傷《やけど》しそうなくらいに熱い。

……こんな小さい体で、どれだけ頑張ったんだよ。

「なんでそこまでするんだ？」

「え？」

「お前が嫌われてることくらい、とっくに分かってるだろ。それなのにどうして」

こいつを背負ったまま、屋敷の中に向かう途中。俺はそう問いかけた。

俺には、母様を守りたいって目標がある。そのために、父様を越えたいと思って、無茶も押し通した。

だけどお前は違うだろ。俺に認められたいって言ってたけど、それこそなんでなんだよ。

ここに来てからずっと、俺は一度だってお前に優しくしたことはない。それなのに、どうしてそんなに頑張ろうと思えるのか、俺なんかと仲良くしようと思えるのか、俺にはちっとも分からない。恨まれてるって言われた方が、よっぽどしっくりくるくらいだ。

「だって……私も、家族が欲しかったから。紙の上での繋《つな》がりだけじゃない、本当の家族。……ニール様や、グランベル家の皆さんと、なりたいんです。だって……もう、一人の夜は、嫌だから」

「あ……」

そこで俺は、こいつと初めて会った時のことを思い出す。

ボロボロの服に、ボサボサの髪。肌だって荒れ放題で、まるで捨て犬か何かみたいだった。なんて汚いやつだって、あの時はそういう風にしか思えなかったけど……こいつは、この家に拾われるまでの間に、唯一の肉親だった母親を失って、たった一人、薄汚い路地で残飯を漁《あさ》りながら生きてきたんだって、そう父様に聞かされた。

もう三年も前の話だ。その後すぐ、父様と母様の喧嘩が絶えなくなって、それどころじゃなくなったから、すっかり忘れてた。

「ニール様？　どうしました？」

黙り込んだ俺を心配したのか、声をかけられる。

この家に来たばかりの頃とは比べ物にならないくらい、綺麗になったこいつの身なり。

俺にとっては、地獄と変わらない今のこの家も、こいつにとってはそうじゃない。こいつは、今よりもずっと辛《つら》い境遇から、ここまで来たんだから。

そう考えると……何も悪くないこいつに、俺達家族の不仲の責任を被《かぶ》せて、一方的に嫌う俺自身が、酷くちっぽけに思えてきた。

「お兄様、だろ？　これからは、ちゃんとそう呼べよ」

「え……いいんですか⁉」

「ああ。だから、その……辛いことがあったらなんでも言えよ。俺が力になってやるから」

本当に、今更だ。これまで散々こいつを邪険に扱ってきたのに、これからは兄として頼ってくれなんて、虫が良すぎる。

だけど……こいつがそれを望んでくれてるなら、応えてやらなきゃ。そうしないと、それこそグランベルの名が廃る。

「分かったか？　ユミエ」

「っ……はい、ありがとうございます、お兄様！」

この眩《まぶ》しい笑顔を、少しでも守っていけるように。

これからは少しでも、こいつの理想の兄でいられるように頑張ろう。

俺は、そう心に誓った。

「いいか？　訓練の前はちゃんと体を伸ばすんだぞ。また昨日みたいに途中で動けなくなるからな」

「はい！　お兄様！」

俺が、お兄様に訓練を付けて貰うようになって一週間。最初の頃は、適当に指示だけして放置されることが多かったのに、今じゃあすっかりこうして、マンツーマンで手取り足取り教えてくれるようになった。

お兄様って呼んでも怒られない……どころか、むしろ嬉《うれ》しそうに笑ってくれるようにすらなったので、お兄様籠絡作戦は完全成功と言っていいだろう。

くくく、チョロいな、お兄様。

「けど、問題はここからだよな……」

お兄様から正しいストレッチのやり方について教えて貰いながら、俺はちらりと屋敷に目を向ける。

この屋敷の主、カルロット・グランベル。そしてその妻、リリエ・グランベル。

この二人を籠絡しないことには、俺は〝グランベル〟の一員として認められたとは言い難い。

特に問題なのは、お母様のリリエだ。

この国では、貴族の男は領地運営や王宮での貴族会議、戦における出兵などが仕事とされ、女は屋敷の管理運営、人員管理、そして他家との交流による人脈形成や情報収集こそが役目とされている。例外はあるが、基本的にはこういう形の家が多い。

そして、グランベル家もその例に漏れず、この屋敷を管理しているのはお母様だ。そこに雇われた使用人達を含め、全てお母様の意向を受けて動くと言っていい。

つまり、お母様から嫌われている今の俺は、屋敷の使用人達からも距離を置かれる存在ってこと。親身になってくれるリサの方がおかしいと言っても過言じゃない。

リサには負担ばっかり掛けるし、早くこの状況をなんとかしないと。

「ユミエー」

「むにゃあ」

あれこれ悩んでいたら、お兄様の両手に顔を包まれた。

驚いて間の抜けた声を漏らす俺に、お兄様は真剣な眼差しを向ける。

「何を悩んでたんだ？」

「ええと、お母様のことを少し。どうやったら、お母様とも仲良くなれるかなぁ、と」

「そうか……なあ、俺から母様に言ってやろうか？　ユミエと仲良くして欲しいって」

「それはダメです」

「……どうしてだ？」

断られるとは思っていなかったのか、お兄様が少し悲しそうに目を伏せる。

そんなお兄様に、俺は手出し無用と言った理由を丁寧に説明した。

「まず、お兄様に言われたから仲良くする、なんて形では、本当の家族とは言えません。いつかボロが出ますし、下手に溜め込む分余計に状況が悪化するかもしれません」

それともう一つ、と、俺はお兄様の前で指をピンと立ててみせる。

「今のお母様にとって、お兄様は最後に残された心の支えです。そんなお兄様から、お母様の意に反するような提言をしたら、精神的に不安定な今のお母様は耐えられないかもしれません」

家族で食事をした時もそうだし、最初に俺が温室に足を踏み入れた時もそう。お母様は、もうかなりいっぱいいっぱいだ。お兄様には俺よりもむしろ、お母様を支えて貰いたい。

「そう言われると、確かにそうかもしれないな……母様、最近はどんどん元気がなくなってるから。前は、厳しくはあっても、みんなに優しくて頼れる母様だったのに」

「というと……？」

続きを促すと、お兄様はお母様について、俺の知らない過去の逸話を語って聞かせてくれた。

王国一の武力を持ってはいても、どちらかといえば脳筋気質で突っ走りがちなお父様を、お母様が陰から支えていたという話を。

「ずっと前に、グランベル領の近くで、でっかいドラゴンが現れたことがあったんだ」

どうやら、この世界にもドラゴンはいるらしい。

強大な魔法を振るい、強靱《きょうじん》な肉体を以《もっ》て地上を蹂躙《じゅうりん》するその姿は、まさに生きた災厄。それを倒した人間は、例外なく英雄と呼び讃えられる――それほどの存在なんだって。

「父様が討伐に行ったんだけど、相手は自由に空を飛べる翼がある。まともに戦えば父様が有利だったんだけど、相手は不利を悟るとさっさと逃げて、あっちこっちで被害を広げ続けてたんだ。そんなドラゴンを追い込むために、母様が他領の騎士団を動かした」

「えっ、他の領の？　救援要請を出したんですか？」

「いいや、違う。社交界の繋がりを利用して、言葉巧みに誘導したんだ。〝今なら、グランベルを出し抜いてドラゴン討伐の栄誉を得られる〟ってさ」

他家の功名心を利用し、お父様にとって都合の良い形に騎士団を布陣させる。

逃げ場を失ったドラゴンは、狙い通りの場所でお父様と戦わざるを得なくなり、見事に討ち取られた、と。

「はえー、すごいですね」

「いや、すごいのはこれからだ。勝手に騎士団を動かした連中、直接救援要請を受けたわけでもないから、このままだと丸損だろ？　だから母様は、あえて何か言われる前に自分達から謝礼を払ったんだ。王家にも根回しして、〝竜殺しの英雄を陰で支えた盟友だ〟って持ち上げて、堂々とな」

その結果、どうなったかというと――

まず、救援を要請する立場になった場合と比べ、足下を見られずに済むため出費を抑えられる。

動かされた貴族の方も、〝ドラゴンの猛威を前に一度は窮地に陥った英雄を救うべく、かつて共に肩を並べた友誼《ゆうぎ》を胸に自らの意思で馳《は》せ参じた〟なんて名誉あるカバーストーリーと共に謝礼まで渡されてしまえば、文句なんて言えるはずがない。むしろ、大したリスクもなく名声を高められたんだから、得ですらあっただろう。

そして何より……〝グランベル家は力を貸してくれた家に感謝の気持ちを忘れない〟と誠実さをアピールしつつ、〝今後、下手に突っ走って他家が介入する口実が出来てしまえば、参戦してきた家の数だけ無制限に謝礼を払わなければいけなくなる〟という枷《かせ》をお父様につけ、考えなしの暴走を諌《いさ》めてみせたのだと。

まさに、一挙両得。一体何手先まで見越しているのかと言いたくなるほどの外交手腕だ。

「で、それだけ色々とやった末に、帰ってきた父様にポロッと溢した本音が、『あなた……無事で良かった』だったんだ。見てるこっちが恥ずかしくなるくらいぎゅって抱き合ってさ、本当に仲良しだなって思ったもんだよ」

「ふわぁ……！」

伯爵夫人としての建前、利益、そして妻としての〝お仕置き〟と立て続けに積み重ねた末に、ただ大切な人の無事を心から祈っていた、個人としての想いを吐露する。まるで、ドラマのワンシーンみたい。

聞いてるだけで、顔が火照ってきそうだよ。

だけど……そこまで話しきったところで、お兄様は肩を落とした。

「だけど、今の母様は……父様に裏切られたっていうショックで、何も手に付かないみたいでさ。社交の場には行ってるけど、ほとんど気晴らしにもならないみたいだ。家にいても、部屋に引きこもりがちだし……やっぱり、心配だよ」

「うーん……」

追い込まれてる、とは思っていたけど、お兄様の話を聞いた今、俺の想像よりも事態は深刻なのかもしれないと思い始めてきた。

お母様を立ち直らせ、冷静にお父様と話し合いをさせる方法か……。

「……悩んでいても仕方ないし、やってみますかね」

「ユミエ？」

「お兄様、ありがとうございます。お陰で、一つアイデアが浮かびました」

「そうか？　なら、良かった……のか？」

具体的な話を何もしていないのもあって、お兄様は少し戸惑い顔だ。

そんなお兄様に、俺は問題ないと胸をドンと叩いて見せる。

「大丈夫です、お兄様とだってこうして仲良くなれたんですから、お母様とも仲良くなってみせますよ。なんてったって私、こんなに可愛いですからね！」

にしし、と笑いながらそう言うと、お兄様はきょとんと目を丸くした後……可笑《おか》しくてたまらないとばかりに噴き出した。

「あははは！　自分で言うか？　普通。でも、そうだな。ユミエなら、お母様ともちゃんと向き合えるかもしれない」

そう言って、お兄様はポンポンと俺の頭を撫で、立ち上がった。

「けど、今はまず目の前の訓練から、ちゃんと終わらせるぞ。いけるか？　ユミエ」

「はい！　ストレッチはバッチリですし、どんな内容でもドンと来い、です！」

お兄様に手を引かれて立ち上がり、早速訓練に取り掛かる。

そんな俺達を屋敷の窓からお母様がじっと見つめていたことに、最後まで気付くことなく。

「ふんふんふふ～ん」

鼻歌混じりに、俺は屋敷の中に作られたお風呂……そのシャワーを浴びてる。訓練終わりに流した汗をシャワーで洗い流すのって、最高だよね。

ファンタジーでシャワー？　って感じだけど、そこはむしろ〝ファンタジーだからこそ〟と言うべきか。水道も電気もなくても、魔道具とかいうのを使えば、誰でもお湯を出す程度の魔法は使えるらしい。実際、お兄様にロクな魔力がないって言われた俺でさえ、自分の体を洗うくらいのお湯は問題なく出せている。

便利だなー、魔法。

「しかし……女の子の体も、なんやかんや慣れたな……」

シャワーを止め、脱衣所の方に向かいながら、俺はなんとなしに鏡を見る。

性別が変わって、もっと戸惑うかと思ったんだけど……前世の記憶がほとんどないからか、〝ユミエ〟として生きた過去の記憶が戻りつつあるからか、はたまた性を意識するには十歳の体は幼すぎるのか。今のところ、特に問題は起きてない。

強いて言えば、困るのはトイレくらい？

後、軽くシャワーで流すくらいならともかく……しっかり入浴する時は、リサが当たり前のように一緒に入ろうとするのが一番厄介かもしれない。

「お嬢様、お召し物です」

「ありがとう、リサ」

お風呂から上がった俺を、そのリサが待ち構えていた。

動きやすい運動着から一転、普段着のドレスに着替えさせられた俺は、そのまま部屋に向かって歩いていく。

その途中、俺はメイドの一人とすれ違ったので、元気に挨拶しておいた。

「こんにちは、レトメールさん！」

「えっ……あ、えと、こんにちは、お嬢様……？」

まさか挨拶されるとは――ましてや、名前まで呼ばれるとは思わなかったのか、レトメールという名のメイドさんは本来の礼儀も忘れて戸惑っていた。

これこそが、俺の次なる外堀作戦。この屋敷にいる使用人全員の名前を覚えて、良い印象を持って貰おうっていうシンプルなものだ。

そうすれば、屋敷全体に俺を尊重しようっていう空気が生まれて、お母様も話を聞いてくれる可能性が上がるからね。

ちなみに、名前についての情報はリサから提供して貰ってる。これを覚えるために夜遅くまでメモ用紙とにらめっこしてるから、最近は少し朝が辛い。

けど、それも次なるお母様籠絡作戦のための布石だ。頑張らないとな。

「何せ、お兄様ほど簡単には行かないでしょうからね……」

「あの人、また王都に行ったっていうの⁉　いつ⁉」

噂《うわさ》をすれば何とやら。エントランスの方から、お母様の怒声が聞こえてきた。

詰め寄られているのは、お父様お付きの執事だ。名前は、モーリスさんだったかな？

「つい先ほど。なんでも、王宮から呼び出しを受けたとかで……」

「そう言って王都に行くの、今月だけでもう何回目よ⁉　そんなに頻繁に呼び出されるような状況なの⁉」

「私めにはなんとも……」

「っ……もういいわ‼」

感情のままに吐き捨てるお母様に、モーリスさんは困り顔でじっと堪《こら》えている。その姿はまるで、嵐が過ぎ去るのを今か今かと待ちわびているかのようだ。

そんな時、エントランスに聞きなれない声が乱入してきた。

「おやおや、リリエ。淑女がそのようにはしたない怒声をあげるものじゃないぞ、見苦しいからな」

「っ、お父様……⁉　どうして、こちらに」

なんとその人は、お母様のお父上らしい。

まさかの人物の登場に、周囲の使用人達も戸惑っている。

「アールラウ子爵、事前のアポイントもなしに訪問など、無礼ですぞ」

「そう固いことを言わないで欲しいな、アールラウ家とグランベル家の仲じゃあないか」

「…………」

モーリスと……アールラウ子爵？　の間で視線が交錯し、火花が散る。

理由は分からないけど、この二人、仲は良くないみたいだ。

そしてそれは、実の娘であるお母様にとってもあまり変わらないらしい。

「お父様、それに関してはモーリスの言う通りです。今は当主たるカルロットもいないのですから、お引き取りください」

「そう冷たいことを言うな。私はお前に、一つ提案を持ってきたのだ」

「提案……？」

「夫婦仲はすっかり冷え込んでいるのだろう？　離婚してはどうだ？」

「っ……お父様!!　このような場所でその発言は、無礼にも程があります!!」

お父様に対して怒っている時とは比べ物にならないくらいの怒気を放ち、お母様が叫ぶ。

だが、それでも子爵は動じることなく、まるで舞台俳優のようにスラスラと言葉を重ねていく。

「無礼というなら、お前という伴侶を持ちながら、無断で愛妾《あいしょう》との間に子をもうけた伯爵の方が無礼ではないか？」

「っ……どうしてそれを」

「いくら隠していても、噂というのは広まっていくものだ。どうせやるなら徹底的に、地下室にでも押し込めておくべきだったね」

ちらりと、子爵の目が廊下に立つ俺の方へ向く。

……俺の存在って、隠されてたのか。確かに、〝ユミエ〟としての思い出の中に、この屋敷の敷地から出た覚えはないんだけど……全然そんな風に感じてなかったから、知らなかった。

俺が驚く一方で、お母様は子爵からの指摘にもめげることなく、声を荒らげる。

「たとえ、そうだったとしても……それで多少、夫婦仲が悪化しようと、私はもうグランベル伯爵家の人間です‼　二度とそのような発言をなさらないでください‼」

「……そうかそうか、それを聞いて安心したよ。私としても、グランベル家との繋がりが失われるのは避けたいからな」

そう言って、アールラウ子爵は踵《きびす》を返す。

最後まで、あくまで娘を想う父親然とした——その割には、どこか含みのある笑顔で。

「それでは、私は失礼しよう。元々、この近くに別の用件があったから立ち寄ってみただけだからね。……それではな、リリエ。これからも、末長く幸せに」

「…………」

アールラウ子爵が去った後、お母様はその場に崩れ落ちる。

そんなお母様を、モーリスが慌てて支えていた。

「奥様……！」

「ごめんなさい、モーリス……一人にして」

「……かしこまりました」

近くのメイドに連れられて、お母様が自室へ戻っていく。

そのあまりにも痛々しい背中を見て、俺は悔しさに歯を食い縛った。

「お母様の気持ちは、まだちゃんとお父様に向いてる。これが完全になくなる前に、早く動かないとな」

本当に愛想が尽きてるなら、アールラウ子爵の提案にあそこまで怒ったりはしないはずだ。それでも、やっぱり思うところがないわけじゃないんだろう。このままじゃあまり長くは持たないってことは、俺でも分かる。

「お嬢様、お気持ちは分かりますが……どうされるおつもりですか？」

「それはもちろん、お母様とお父様が、しっかりと向き合って話し合えるように仕向ける」

お母様がここまで感情的になっているのは、お父様が頑《かたく》なに本音を話そうとしないからだろう。

お父様がどうして何も話そうとしないのかは分からないけど……その固い口を割るためには、お母様の協力が必要だ。

お兄様の話を聞いて、それを確信した。

「そのために、まずはお母様と俺が落ち着いて話せる場を作らないとね。リサ、協力お願い出来る？」

「構いませんが、難しいと思いますよ？」

「その難しいのをどうにかするために、お兄様や使用人のみんなと仲良くなって、屋敷の雰囲気を変えてるんだよ」

屋敷の管理はお母様の管轄だ。いくら今は腑抜《ふぬ》けてると言っても、俺に対する周囲の温度感が露骨に変化していけば、無視することは難しいだろう。

「いえ、話し合いの場を設けることは出来るでしょうが……それだけで、奥様とお嬢様との仲が改善するとは、とても……」

「一度の話し合いで解決出来たら、そりゃあ苦労はないよ。でも、一時的に協力するだけなら、考えがある」

お兄様はまだ子供だし、適当な理由で同じ時間を過ごすだけで、仲良くなれた。

でも、お母様と俺の間にある因縁を考えれば、その程度で仲良くなるのは難しい。

だから、もう一歩。より強烈な動機で、もっと深い関係になる。

「お母様には、俺の〝共犯者〟になって貰う」

私の名前は、リリエ・グランベル。伯爵夫人であり、伯爵家の管理を職務としている。

使用人達の雇用や整理、食品や紙類、衣服などの日用品を手配するのも私の仕事だし、それをこなすためにも当然、屋敷内の物事には常に耳目をそばだて、情報を集め続けなければならない。

だから当然……たとえ、カルロットのことで腐っている状態だったとしても、〝あの子〟の話はよく聞こえてきた。

「最近のお嬢様、随分と明るくなられたわね」

「坊っちゃんとよく外で一緒に遊んでいるみたいよ。ふふ、いいわね、仲が良くて。最近はずっと暗い雰囲気だったから……」

「しっ、声が大きいわよ。奥様に聞かれたらどうするの？」

「…………」

メイド達が内緒話のつもりで口にした内容も、そのほとんどは私に筒抜けだった。

彼女達が好んで噂話をする場所くらい、屋敷の構造を把握していれば簡単に読めるし……それを見越して、盗聴用の魔道具をその場所に仕込んであるんだから。こうして自室に籠っていても、嫌でも聞こえてくる。

……本当は、万が一伯爵家内部にスパイが紛《まぎ》れ込んでいた時、すぐに気付けるようにって仕込んだのに、すっかりあの子達の内緒話を盗み聞きするための代物になってるわね。

「……分かってるわよ、このままじゃダメだってことくらい」

自室のベッドで横になりながら、私は誰にともなく呟いた。

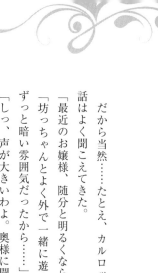

私は元々、アールラウという小さな子爵家の出身だ。

これといった特産があるわけでもなく、特に武力や技術に秀でた部分があるわけでもない、平凡な家。

だからこそ、幼い頃から頭が回り、大人顔負けの知性を垣間見《かいまみ》せていた私を、両親は厳しく育て上げた。

いつか、覚えめでたき良家に嫁げるようにと。

その家から支援を受けて、誰からも見向きもされないこの家を、少しでも盛り立てられるようにと。

でも……そんな両親の願いとは裏腹に、私は結婚相手に恵まれなかった。

その理由を一言で言うなら……私の性格が悪かったから、かしらね。

なまじ人よりも頭が回る分、男のやることについ口を挟んでしまう。戦の方針や、国政における立ち回り。本来男の領分とされていることにまで意見を述べる私を、男達はそれはもう思い切り忌避した。

破談になった男の数が積み上がるにつれ、お見合いの一つすらまともに組めなくなってしまい……両親が私に向けていた期待も、やがて失望へと変わっていった。

そんな時だ。私が、カルロットに出会ったのは。

「俺は、剣を振ることしか能がなくてな、小難しいことはよく分からないんだ。リリエみたいに理知的な女性に支えて貰えると、とても嬉しい」

彼は、私がどんな意見を言っても、真剣に耳を傾けてくれた。

時には衝突することもあったけれど、決して私を遠ざけようとせず、いつも傍《そば》に置いてくれた。

カルロットだけが、私の能力と存在価値を認めてくれたの。それは結婚し、私が〝グランベル〟の姓を名乗るようになってからも、ずっと変わらなかった。

それなのに……。

「どうしてよ……カルロット……」

〝あの子〟についての話だけは、あの人は私に何も言ってくれなかった。

私も知らない間に、メイドとの間に出来たという子供。カルロットの推薦で家に招いたとはいえ、どうにも怪しい女だと思ったから早々に追い出したんだけど、まさか、カルロットとそんな関係になっているだなんて、思ってもみなかった。

そのことを、カルロットは〝あの子〟をこの家に連れてくるまでの七年間、一度も話してくれなかった。

連れてきてからもそう。どうして連れてきたのかと言えば、放っておけなかったからとしか言わない。

私に不満があるのかと聞いても、そんなものはないの一点張り。あの女のことが好きだったのかと聞いても、愛しているのはお前だけだとしか言われない。

だったら、どうして一介のメイドなんかとの間に子供なんて作ったの？　私に珍しく意見して、屋敷に招いてまで。

そんな状況で、詳しい事情も教えてくれないまま愛してるだなんて言われても……酷く空虚な言葉にしか聞こえない。

やっぱり、カルロットも……表に出さなかっただけで、私のような口うるさいだけの女は嫌だったんだ。

そう思うと、これまで積み上げてきた夫婦としての信頼も、幸せな思い出も、全部音を立てて崩れ落ちていくのを感じた。

私は、やっぱり……誰にも、心から愛されることなんてなかったんだ……。

「──お母様、いらっしゃいますか？」

「っ……！」

ベッドの中で一人涙していると、思わぬ声によって現実に引き戻された。

私の幸せをぶち壊した元凶、その娘──ユミエが。

「……何の用なの？　用件があるならそこで言いなさい」

この部屋に立ち入るなと、冷たい声色で突き放す。

……私だって、本心では分かってる。この子はただこの世に生まれてきただけで、何も悪いことなんてしていないって。

それは、最近のこの子の評判を聞いていても分かる。

素直で、明るくて、優しくて。私とは、まるで正反対。ニールと打ち解けたのも当然よね。

でも、どうしてもダメなの。あの銀色の髪……私やカルロットとは似ても似つかないあの髪を目にする度、あの忌々しいメイドの顔が頭に過《よぎ》ってしまって、冷静ではいられない。

私は……顔を合わせないことでしか、この子と同じ家にいられないの。

「では、用件だけ手短にお話ししますね。……お母様に、協力して頂きたいことがあります」

「何かしら？」

「私の本当の母親について。お母様の力で調べ上げて、お父様の口を割らせて欲しいんです」

その内容を聞いた瞬間、私の頭は一瞬で沸騰した。

「ふざけないで‼　あなた、よりによって私に……‼　私があの女を憎んでいると知ってて、それを頼むの⁉」

感情的になって叫びながら、心の中に僅かに残る冷静な部分が、この子を中に入れなくて良かった、と息を吐く。

もし、今この子が目の前に立っていたら――何もせずにいられた自信がない。

「分かっています。でも、だからこそです‼　だって、お母様も知りたいんですよね？　私の母親のことを……私の母親とお父様との間に、一体何があったのかを‼」

「っ……‼」

私の本心を言い当てられ、思わず歯を食い縛る。

そうよ、私は知りたい。カルロットとあの女の間に何があったのか。私の何が悪かったのか。

でも……だけど‼

「当たり前でしょう⁉　でも、どうしようもないじゃない‼　私がいくら聞いても、あの人は……カルロットは何も答えてはくれないのに‼」

「直接聞くだけが、口を割らせる手段じゃないことを、お母様は知っているはずです！　お母様はその力で、グランベル家を……お父様をずっと支えてきたんですから‼」

「知った風な口を利かないでよ‼」

この子の言葉が、どこまでも深く私の胸を抉《えぐ》る。

そうよ、私はずっと、私自身のこの力でカルロットを支えてきた。

集めた情報の断片を繋ぎ合わせ、全体図を描く力。利害関係も、縁故も、感情も、全てをひっくるめて状況を整え、狙った展開を引き寄せる力。

私にとって、唯一誇れる——最も忌むべき才能だ。

私が本気で動けば、カルロットから直接聞かなくても、あの女についてある程度知ることが出来るでしょう。状況証拠を揃《そろ》え、カルロットを追い詰め、全てを話す以外にないところまで持ち込める自信はある。

だけど……だけど……‼

「そこまでして……私の望まない答えしか得られなかったら、どうするのよ……‼」

叫ぶだけ叫んで、私はようやく、自分の本心に気付いた。気付かされてしまった。

私は、本当のことを話して欲しいとカルロットに詰め寄りながら、本心では真実なんて望んでいなかった。

嘘《うそ》でもいい。デタラメでもいい。ただ、私が傷付かないで済むのなら、なんでも良かったの。

私にとって都合の良い嘘を、それらしい言葉で納得させて欲しかっただけ。

そんな身勝手な思いを、三年間もカルロットに叩き付け続けていた。……本当に、なんて惨めで、救いようのない女なのかしら、私は。

でも、そこまで自覚してもなお、私のちっぽけなプライドが、それを素直に認めるのをよしとしなかった。

「あなただって同じよ。真実が明らかになった時……私が、あなたを許せないと言ったら、どうするつもり？」

我ながら意地の悪い質問だと思う。今だって十分過ぎるほどに邪険にしているのに、それより酷くなったら、なんて脅すようなことを口にして。

なのに……この子は、全く揺らがなかった。

「それでも私は、真実が知りたいです。このまま何も知らないでいたら、お兄様も、お母様も、お父様も、みんな不幸になってしまいます。それを防げるというのなら——私一人悪者になっても、たとえ追い出されることになったとしても、悔いはありません」

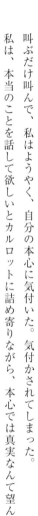

「…………」

ああ……本当に、忌々しいくらいに真っ直ぐで、太陽みたいな子だ。

この三年間ずっと見てきたつもりだったけど、ここまで強い意思を持った子だなんて知らなかった。

私とは、何一つ似ても似つかない。やっぱり本当の親子じゃないんだと、改めて突き付けられたような気持ちになる。

でも、なぜかしら。不思議と、不快ではない。

「その言葉……本気なの……？」

ノロノロとベッドから起き上がった私は、部屋の扉の前へと向かい、ゆっくりと開け放つ。

その先に立っていた、僅か十歳の小さな少女の姿を見て――ああ、と納得する。

その瞳。宝石のように輝く強い光を宿した、サファイアブルーの眼差し。

かつて、私を好きだと言ってくれた、たった一人の男。

私が愛したあの人――カルロットと、同じ眼なんだ。

「はい。もし、汚れ役が必要になったら言ってください。たとえお父様に嫌われることになったとしても、力になってみせます」

「期待しているわね。……ユミエ」

伸ばされた手を取り、固く握り締める。

親子とはとても言えない、利害の一致によって結ばれた、儚《はかな》い同盟関係。
全てが終わった時——この関係が少しでも良いものへと変わることを、心の片隅で祈りながら。

「うーん、今日も俺可愛い！」

お母様との協力関係を結ぶことが出来た翌朝。俺は、鏡の前でポーズを決め、自分の身なりをチェックしていた。

いつもの日課として定着したその言葉を聞いて、後ろに立っていたリサはやれやれと肩を竦《すく》める。

「すっかりお洒落《しゃれ》に目覚めましたね。私としても嬉しい限りですが、その口調はどうにかしましょうか」

「リサの前でしか使わないからいいの」

俺がそう言うと、リサはしょうがない子供を見るような——それでいて、どこか嬉しそうにも見える呆《あき》れ顔を浮かべた。

そう、俺は〝ユミエ〟となったあの日から、自分の身なりには精一杯気を遣っている。

日々リサに頼んでスキンケアをして貰い、いくつもあるドレスから飽きられないようファッションを工夫し、覚えたばかりの魔法で髪のセットにすら手を出した。

いや、俺の魔力がかなり少ないとはいえ、ヘアドライヤーの代わりくらいには出来るんだよね。そういうことに使う魔道具もあるし。

お陰で今日も、ユミエちゃんの銀色の髪はサラッサラ。冗談抜きで輝いてる。

最初は、男なのにここまで見てくれを気にかけるなんてどうなのよ、と思ってたけど、これがやってみると楽しいんだ。

俺にこんな素質があるだなんて、正直思わなかったけど……そのお陰で、お兄様からも、屋敷の使用人達からも日々好感触を得ている。

最初は刺々《とげとげ》しかった言葉尻も柔らかくなり、すれ違えば笑顔で挨拶だってしてくれるようになった。

特にお兄様。一緒に訓練する時もそうだけど、それ以外の時もよく俺に会いに来てくれるようになったし、何なら食事もわざわざ俺の部屋に来て「二人で一緒に食べよう！」なんて提案してくれるようにもなった。

ごく自然に頭を撫でたり、訓練の疲れで動けなくなればおんぶもしてくれるし……これはもはや、誰がどう見ても仲良し兄妹《きょうだい》になったと言えるだろう。完全に俺に堕ちている。

後は、予定通りお母様と一緒にお父様の嘘を暴いて、二人をちゃんと仲直りさせる。そうすれば、お兄様みたいに……二人とだって仲良くなれるはずだ。

あのお母様とだって協力関係を結べたんだし、十分希望はある。ダメだったら、その時また考えよう。

「というわけで、今日はお父様のところへ向かおうと思うの」

「何が〝というわけで〟なのか分かりませんが、何をするおつもりなんですか？」

「それはもちろん、お父様のお仕事を手伝って、俺の存在と可愛さをお父様にアピールするんだよ」

可愛さとは、見た目だけでは決まらず。その言動によって決まると言っても過言ではない。

要するに、お父様相手にハニートラップ（？）を仕掛けようっていうのが、お母様から頼まれた協力の内容なんだ。

ちょうど、昨日の夕方頃に王都から帰ってきたしね、お父様。

「お父様に近付いて、お仕事を手伝うって名目で行動パターンや仕事内容に不審な点がないか探るってお母様が。情報を抜くための魔道具まで貸してくれたよ」

「奥様、ついに本気で動かれるんですね……」

「精一杯煽《あお》った甲斐《かい》があったよ。これで、少しでも良い方向に向かってくれるといいんだけどね」

お父様が話してくれないなら、こっちから探り出す。

口にすればそれだけのことだけど、見方を変えれば相手のプライバシーを土足で踏みにじるような行為だ。それも、夫婦であることを考慮してもなお憚《はばか》られるレベルで。

だからこそ、俺が出来るだけ泥を被るつもりで提案したわけだが、そうまでしても状況が好転するかどうかは賭けになる。明らかになった真実の内容によっては、一足飛びに離婚にまで至るかもしれないし。

「大丈夫ですよ。たった一日しか経っておりませんが、お嬢様が話し合いに向かってからというもの、奥様は明らかに元気になられました。やるべきことを見つけて、かつての輝きを取り戻されたかのようです。……ありがとうございます、お嬢様」

「えっ、と……そんな風にお礼を言われると、流石に照れちゃうな……俺は、俺のためにやったようなものだし」

グランベル家に家族として迎え入れて貰うには、俺や俺の母親を巡る問題の解決が欠かせない。それだけだ。

「だとしても、それが結果としてグランベル家の閉塞した空気を改善することに繋がったのです。私はお嬢様を尊敬致しますよ。一生ついていきます」

「うぅ～……そ、そういうのはせめて、全部上手《うま》く行ってからにして！　ほら……準備も出来たし、いくよ！」

「はい。それから、旦那様と会う時は口調をお気を付けくださいね」

「分かってるって！」

パンッ！　と自分の頬を叩いて気合いを入れた俺は、リサと一緒にまず手始めに厨房《ちゅうぼう》へと向かう。

そこでお茶を淹《い》れて、お父様の執務室へと運ぶのだ。

「リサ、せっかくだから、お茶の淹れ方教えて」

どうせなら、娘が自らの手で淹れたお茶の方が好感度も高いだろう。

そう思って、リサに聞いてみることに。

「そうですね……では、少し練習してみましょうか」

というわけで、教わりながら手順通りにお茶を淹れてみる。

お湯を用意して、茶葉を用意して、ポットに……よいしょっと。

「こんな感じ？」

「はい、合っていますよ。ただ……」

「うん？　どうしたの？」

「そうですね、飲み比べてみれば分かるかと」

そう言って、リサも手早く新しいポットでお茶を淹れた。

見たところ、手順は全く同じ。飲み比べるも何もないいんじゃないか、と思いながら、俺は自分で淹れたものと交互に飲んでみて……。

「ぜ、全然違う……」

そのあまりの格差に、愕然《がくぜん》とした。

おかしい……手順は何一つ間違ってないはずなのに！

「お茶の道は、一日にしてならずですよ、お嬢様。気持ちは分かりますが、今日のところは私が淹れたものをお持ちしてください」

「はーい……」

娘の淹れたお茶、といえば確かに特別感はあるけど、だからってここまでの差を目《ま》の当たりにしては、そんな些細な特別感なんて何の役にも立たないだろう。

何も、お父様にアタックを仕掛けるのは今日だけじゃないんだ、これからはお兄様との訓練の合間にお茶の特訓もして、いずれはちゃんとお父様に出せるレベルにまでなってみせる。

「それでは行きましょう。足下にお気をつけくださいね」

「大丈夫、分かってるよ」

この屋敷の構造では、厨房は一階にあり、お父様の執務室は二階の奥にある。

決して遠すぎるというほどじゃないけど、それなりに距離がある上に階段まであるのだから、注意しないとな。

それでいて、お茶が冷めないくらいには素早く移動を……あれ、結構難しくない？

「よいしょっ、よいしょと……」

トレイに載せたポットとカップを傾けないように、転ばないように、出来るだけ早足で執務室へ。

途中、何人かの使用人達にその姿を見られ、どこか微笑《ほほえ》ましげな眼差しを送られた気がするけど、今の俺にはそれに応える余裕はない。

永遠にも思える廊下を渡り切り、俺はついに執務室へと到着した。

「旦那様、お茶が入りましたよ」

「入れ」

「お嬢様、どうぞ」

俺の代わりにノックしてくれたリサに促され、部屋の中に入る。

すると、こちらを見て驚愕《きようがく》のあまり硬直してしまったお父様と、目が合った。

「ユミエ……か？　どうしたんだ、こんなところに」

「お父様のために、お茶をお持ちしました。淹れたのはその、リサですけど……」

なぜか、お化けでも見たかのような反応をするお父様に首を傾《かし》げながらも、俺は持ってきたトレイごと机の上に置く。

大柄なお父様の体に合わせて作られてるからか、俺の身長だと、位置が高くてちょっと辛い。

最後はリサに手伝って貰い、その場でお茶を注《つ》いだカップ以外を回収して……どうにか、無事にお届けミッションを達成出来た。

「……ありがとう、ユミエ。とても助かる」

「どういたしまして、です」

優しく微笑んでくれたお父様に、俺もまた笑みを浮かべる。

……お兄様やお母様と違って、お父様からは特に俺に対する確執みたいなものは感じない。

これなら、少しくらいは我《わ》が儘《まま》言っても大丈夫か？

「お父様、他にも何か、お手伝い出来ることはありませんか？　私、もっとお父様の……この家のお役に立ちたいです」

出来るだけ真摯な眼差しを心掛けながら、俺はそう訴えかける。

すると、お父様はやや困ったように眉根を寄せ、考え込む。

うーん、やっぱりそこまでは難しいか……？

「そうだな……よし、ならこの書類を執事のモーリスまで届けてくれるか？　大事な書類だからな、落としたり、人に見せたりしないように」

「はい！　分かりました！」

思った以上にあっさりと仕事が貰えたことを喜びながら、お父様が差し出した紙の束を受け取った。

大事な書類だっていうならお母様に頼まれた情報も少しは入ってるだろうし、思ってた以上に順調だな。

「頼んだぞ、ユミエ。……お前もな」

「お任せください！」

「承知しました」

それでは、と一礼して、俺とリサは執務室を後にする。

少し離れたところで、俺はにぱっと笑みを浮かべた。

「よし、作戦成功だ！　お父様の秘密をゲットしたぞ！」

「さすがに、その書類だけで秘密と呼べるほどの秘密もないと思いますが。……そもそも、お嬢様。そこに書いてある内容、分かりますか？」

「ふふふ、任せなさいって」

リサは知らないが、これでも俺は転生者なのだ。そこらの十歳児と一緒にして貰っては困る。

そう思いながら、俺は書類に目を落として……。

「…………??」

何一つとして、書いてある内容が理解出来なかった。

いや、一応ね？　書いてある文字は分かる。そこはちゃんと、この体に知識として備わってた。

だから、多分、何かの収支報告書……みたいなものだと思う、ってところまでは読み取れるけど、これが何の収支なのか、この数字が良いのか悪いのか、肝心なところは全部さっぱり分からない。

「うん……俺は大人しく、お父様のお手伝いに専念するよ……」

「それがいいかと思います」

お母様から預かった魔道具を使い、書類の情報を読み取らせながら、思う。

剣と魔法の訓練と、お茶を淹れる練習。それから……明日から、ちゃんと勉強の時間も確保しよう。


俺の名前は、カルロット・グランベル。グランベル伯爵家の当主だ。

ここ、オルトリア王国最強の騎士であると讃えられ、更には生粋の愛妻家としても知られていた。

しかし、後者についてはもう今は昔、と言うべきか。妻との仲がすっかり冷えきってしまったことで、そんなイメージはなくなってしまったが。

「はあ……俺は、どこで間違った？」

今でも俺は妻のことを変わらず愛している。だが、その気持ちは以前のようには届かない。

どうすればいい、と自問する俺に、期待していなかった答えが返ってきた。

「やはり、正直に全てを打ち明けるべきではありませんか？　旦那様」

「……モーリス」

いつの間にか、ノックもなしに俺の執務室に足を踏み入れていたのは、執事のモーリスだ。白い髭《ひげ》を蓄えた老人であり、先代当主……俺の父上の代からグランベル家に仕える忠臣。その意見は、当主の俺でも無視出来ない重みがある。だが……。

「それは駄目だ。ユミエも、そしてリリエも……傷付けることになる」

俺自身の名誉については、この際どうでもいい。だが、この件は真実を明らかにしたところで、誰も幸せになどならない。ただでさえユミエのことで不安定になっているリリエが、完全に壊れてしまう恐れすらある。

俺は、それが何よりも怖い。

「ですが、それはこのまま黙っていても同じことでしょう。こう言ってはなんですが……旦那様のお力だけでは、真実を闇に葬《ほうむ》ることも、証拠を手に相手を糾弾することさえ叶《かな》いません。それは、この三年間でハッキリしたはずです」

「…………」

モーリスの言葉に、俺は力なく項垂《うなだ》れる。

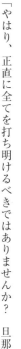

気付くのが、あまりにも遅すぎた。

ユミエの存在を初めて知ったのが三年前、全てが始まった夜から七年も経った後だ。あらゆる証拠は時と共に消《き》え失《う》せ、残ったのは望まぬ子と、ロクな証拠もない不都合な事実だけ。何なら、全てを企てた相手でさえ、その企てを失敗したものとして長らく忘れ去っていたのだ。
ならば、そんな事実は胸の奥にしまい込み、自分一人泥を被ってこの件を終わらせればいい
――そう思っていた。
リリエが、俺の想像した以上に、ハッキリしない俺の態度に腹を立て、家族がバラバラになるまでは。

「……旦那様、これをどうぞ」

「……？　これは、茶か？」

唐突に差し出されたそれに首を傾げながら、俺はカップを手に取り口に含む。

その瞬間、俺は思わず顔をしかめた。

「不味《まず》いな。お前が淹れたのか？」

「お恥ずかしながら」

モーリスは優秀な執事だが、一向にお茶だけは上手くならないとボヤいていた。

なぜ今、それを淹れるのかと訝《いぶか》しむ俺に、モーリスは更にもう一杯のお茶を差し出してきた。

「とある御方《おかた》と、ちょうど同じくらいの腕前と評されましたので。比較対象として淹れさせて頂きました。そしてこちらが、その御方の今の実力です」

「…………」

その新しいお茶を手に取り、口に含む。

最高の出来映え、とはとても言えないが、及第点くらいの味にはなっている。

「如何《いかが》でしょうか？　ユミエお嬢様の、この一週間の努力の結晶は」

「……これを淹れたのが、ユミエだと？」

「はい。旦那様が満足いくお茶を淹れて差し上げるのだと、日々頑張っておられます」

「そうか……」

ここ一週間ほど、ユミエは毎日この部屋を訪れ、お茶を運んだり書類を運んだりといった仕事を手伝ってくれていた。

俺に気に入られようと必死なのだろうと考えていたが、まさかそんなことまでしていたとは。

「それだけではありません。坊っちゃんと日夜訓練を共にし、奥様の部屋を連日訪れ、我々使用人とも交流を持ち……このグランベル家の一員になろうと、必死に努力してらっしゃるのです。旦那様は、それをご存じでしたか？」

「………………」

正直に言うと、全く知らなかった。

突然この家に招き入れ、状況を理解させる間もなくリリエやニールに怒りの矛先を向けられることになって……さぞ恨まれているだろうという意識が、あの子との間に、いつの間にか大きな溝を作ってしまっていたのだ。

先週、久し振りにユミエの姿を目にした時など……こんなにも可愛らしい子だったかと、我が目を疑ってしまったほどだ。

あるいは、あの可憐さすらも、俺に気に入られようとユミエが努力を重ねた結果なのだろうか。

「僅か十歳のお嬢様が、現状を変えるために駆けずり回っているのです。自身が傷付くことも厭《いと》わず、無駄足になることも恐れずに。……それなのに、我々大人がいつまでも同じ場所で足踏みしていていいはずがありません。そうでしょう?」

「…………」

モーリスの言う通りだ。俺は、誰もこれ以上傷付けたくないと言い訳して、ただひたすらに現状維持のために奔走していた。こんなのは、足踏みと変わらない。

だが、ユミエは……俺の失敗によって招いた事態を終わらせるために、頑張ってくれていたんだな。

俺の知らないところで、ずっと。

「旦那様……今こそ、勇気を持って踏み出す時ではありませんか?」

長年仕えてくれていたモーリスからの、必死の説得。

どちらかと言えば、普段はあまり俺のやることに口を挟んだりはせず、ただ淡々と職務をこなすことが多い彼にしては、かなり珍しい態度だ。

つまりはそれほど、屋敷の現状は逼迫《ひっぱく》しているということであり――それほどまでに、ユミエの行動が彼の心を動かしたということか。

「そうだな……いい加減、俺も覚悟を決める時かもしれない」

真実を話すことで、家族が傷付くのを見たくなかった。

だが、それも結局は、俺自身が傷付くことを恐れていただけなのだろう。

「全てを話そう。リリエを呼んできて貰えるか？　モーリス」

「かしこまりました」

恭しく一礼し、踵を返すモーリス。

しかし、彼が部屋の扉に辿《たど》り着くよりも早く、その向こうから声が聞こえた。

「その必要はないわ」

どこまでも力強く、凛と響く声。

三年もの間、悲しみと怒りに塗《まみ》れ憔悴《しょうすい》した声色しか聞くことがなかったせいで、懐かしさすら覚える。

「よく来たな、リリエ。……その様子だと、もう全てを暴いてしまったのか？」

ノックもなしに扉を開け放ち、中に押し入って来たリリエ。その決然とした表情に迷いは見られず、何かの確信を持ってここに来たことは明白だった。

案の定、リリエからは肯定の言葉が返ってくる。

「そうね。だけどやっぱり、最後はあなたの口から聞かないと、とても信じきれないの」

俺の執務机の前までやってきたリリエは、手に持っていた書類をその上に投げ捨てる。

そこに記されているのは、ここ数年の俺の行動記録と、グランベル家の収支報告。そして、実際に王都で開かれた社交会や議会の開催・出席記録だ。

調べ始めたのがいつの頃からかは分からないが、これほどの情報を集めるのは生半可なことではない。つくづく、こういった分野では妻には敵わないのだと痛感させられるな。

そして、集められたその情報からは、ある一つの事実が浮かび上がってくる。

一つは、俺が王都に呼び出されたという話のうち、いくつかは嘘であるということ。

グランベル家の金の一部が、不自然に流出していること。

そして、その金の行き先。俺が、用件を偽ってまで密《ひそ》かに足を運んでいた場所。それは——

「あなた……私の実家で、アールラウ子爵家で何をしていたの……?」


俺が日々お父様に媚《こび》を売り、情報を掠《かす》め取り続けて凡《およ》そ一週間。ついに、お母様が動いた。

一人で乗り込んでいったお母様を追って、俺は執務室の前で聞き耳を立てている。

……完全に盗み聞きだし、あまり褒められた行為じゃないのは分かってるけど、事は俺の、

〝ユミエ〟の出生にも関わる話だ。聞く権利は俺にだってあるだろう。

そんな言い訳を胸に秘めてここまで来たが、なんだか話が想像以上にキナ臭くなってきた。

なんでここで、お母様の実家が出てくるんだ……？

「何をしていたか、と聞かれると、資金援助だな。お前の実家だ、それだけなら何もおかしなことはない」

「ええ、それだけならね。でも、アールラウ子爵家への資金援助は、十年前に一度打ち切ってるはずなのよ。あんな無謀な事業への投資には乗れないって。それを、三年前から急に再開させてる。……その理由が、ユミエなのね？」

「……ああ」

なんで実家への仕送りに俺の名前が出てくるの？

そんな俺の疑問に答えるように、二人の会話は続く。

「あのメイドは、アールラウ家から紹介された女だった。奉公先を探している、と……お前の実家だ、資金援助の件で少しトラブルがあったとはいえ、それくらいはよくある話だと気にも留めていなかった。だが……」

「でも違った。あいつらは……私の両親は、そのメイドをあなたの愛妾《あいしょう》にして、金をせびろうとしていたわけね。ついでに、自分達の意に反して援助の件を突っぱねた私に嫌がらせが出来ればって、そんな魂胆だったんじゃないかしら？」

「ああ。……そのために、どうやら非合法の媚薬《びやく》や睡眠薬まで盛られていたらしい。実のところ、俺は〝あの夜〟のことを何一つとして思い出せないんだ」

「……そこまでしていたのは、正直引くわね」

呆れた様子で、お母様は溜め息を溢す。

……正直、叫び出さなかった俺の自制心を、褒めてやりたいとすら思う。

嘘だろ？　自分の娘が嫁いだ相手に、その上更にハニートラップ仕掛けるって、どういう思考回路してたらそうなるんだ？　それも、金と嫌がらせのために？

しかも、媚薬って……俺、そんな形で生まれて来たの……？

「リリエが早々にあのメイドを追い出したことで、アールラウ家も計画は失敗に終わったと考えていたんだろう。だが、三年前……ユミエが見付かってしまった」

ドクン、と、一際強く心臓が跳ねる音がした。

心の中に芽生えたその感情の正体も分からないまま、話は更なる展開を見せる。

「あのメイドの女も、娘を守るために必死だったのだろうな。ある日突然届いた手紙には、ユミエの存在と、アールラウ家の企《たくら》みの全てが書かれていた。あまりにも頭にきて、すぐさま俺は抗議するためにアールラウ家に乗り込んだんだが……」

「逆に言いくるめられた、と。大方、私の名誉でもダシにされたんじゃないかしら？　……告発したければ好きにしろ。でも、もしそうなれば、私は社交界のいい笑い者だってね」

「…………」

どうしてそうなるのか、俺にはよく分からなかった。

でも、続く説明を聞いて、ようやく俺も理解が及ぶ。

まず、お母様は元々、仕事が出来〝過ぎる〟が故に、結婚相手になかなか恵まれない人だった。

あまりパッとしない子爵家の、あまり評判がよくない娘と、伯爵位とはいえ王国最強と名高い騎士の結婚だ。周囲からは、あまり受けが良くなかったらしい。

そんな中で、もし俺の存在が明るみに出て、お父様の寵愛《ちょうあい》がお母様から離れてるなんて噂になれば――真偽はどうあれ、お母様の評判に傷が付くのは避けられない。

「バカね、カルロット。私の評判なんて、気にすることなかったのに」

「俺の大切な妻の評判だ、気にするに決まっているだろう‼　それに……いくら仲が冷えきっているとはいえ、相手はお前の親だ。実の親が、お前のことを貶《おとし》めようと企んでいたなどと知ったら……お前が傷付くと思った」

だからずっと、何も語らず、自分一人で問題を解決しようと躍起《やっき》になっていたと、お父様は言う。

俺の存在をアールラウ家に利用されないために、こうして屋敷に招いて。

表向きは、素直に資金援助を再開して……その裏で、慣れない策謀を巡らせて、アールラウ家の口を封じるために。

「だから、あなたはバカだっていうのよ。そうやって頭を使う戦いが、自分に出来ると思っているの？」

「それは……」

「頭を使うのは、私の役目よ。私にプロポーズしてくれた時、そう言ってくれたでしょう？」

「だが、それではお前は……実の親と争うことになってしまう！」

「いいのよ。確かに、血の繋がった実の親に、こんな形で裏切られていたのは悲しいわ。でも……もういいの。私にとって、今一番大切なのはここ、グランベル家だから。戦うなら、一緒に戦いましょう、あなた」

「っ……ああ、そうだな、リリエ……すまない。今まで黙っていて……本当に、すまない……!!」

「そんな言葉だけで許すほど、私は甘くないわよ。だから、ちゃんと行動で示してちょうだい。あなたが本当に、ちゃんと私を愛していたんだって、信じさせて」

「ああ。ありがとう、リリエ。愛している」

「私もよ、あなた」

扉の向こうで、お父様とお母様が抱き合う気配が伝わってくる。

やっと、二人が仲直りしてくれた。これでもう、この家族がバラバラになることはないだろう。本当に、嬉しい。

そのはずなのに。

「あれ……？」

なんでかな。俺、涙が止まらない。

「私はこれで失礼します。お二人はそのまま、ゆっくりとお過ごしください」

「っ！」

モーリスさんが部屋を出ようとする気配を感じた俺は、逃げるようにしてその場を後にする。

走る途中、何人かのメイドとすれ違って驚かれたけど、今の俺にはそれを気にする余裕もなかった。

そうやって、俺はとにかく執務室から……お父様とお母様から離れようと走り続けて、不意に飛び出してきた誰かとぶつかって、倒れてしまう。

「いでっ⁉　なんだよ……って、ユミエ？　どうした、大丈夫か？」

「っ、お兄様……」

慌てて涙を拭い、顔を逸《そ》らす。

そんな俺の態度を不審そうに見つめながらも、お兄様はそれ以上追及しなかった。

「取《と》り敢《あ》えず、部屋に戻ろう。ほら、摑まれよ」

「……はい、ありがとうございます」

いつかの訓練で動けなくなった時みたいに、お兄様が俺をおんぶしてくれる。

そのまま、俺の部屋に到着したところで、お兄様はベッドの上に降ろしてくれた。

「それで、何があったんだ？　ゆっくりでいいから、話してくれないか？」

「……その……お父様とお母様が、無事に仲直り、しました……」

「えっ。……そう、なのか？」

「はい。二人とも、ちゃんと本音で話して……これからは、一緒に頑張ろうって、そう言って……」

俺の話を聞いても、お兄様の表情は浮かないままだ。普通なら、誰よりも喜んでないとおかしい立場なのに。

自分の感情より、俺のことを優先してくれるその優しさが、嬉しかった。

「その時、聞いたんです。私の生まれた理由」

正直、お父様が手を出したのか、メイドの方から逆に襲ったのか、あってもそれくらいの違いだろうと思ってた。

でも実際には、もっと酷い。

「私は……ただ、お母様に嫌がらせするために……お父様からお金を毟《むし》る道具にするために、生まれて来た、って……」

この世界で記憶が戻ったとき、すごく嬉しかった。前世とは比べ物にならないくらい良い環境で、ずっと欲しかった家族がいて。

でも違った。世界を越えても、俺に家族なんていなかったんだ。

「私は……誰にも望まれなかった子供で……存在するだけで、この家に、迷惑でっ……‼」

分かってたことだ。覚悟だってしてたつもりだった。

でも、いざそれが事実だって突き付けられると、悲しみの感情が溢《あふ》れて来て、止まらない。

「ごめんなさい、お兄様……私のせいで、ずっと、苦しめてっ……？」

嗚咽《おえつ》と共に謝る俺の言葉は、途中で遮られた。

気付けば、お兄様が俺の体を、思い切り抱き締めてくれていた。

「ふざけんな……迷惑とか、勝手に決めるな！　お前が誰に望まれたとか、望まれなかったとか、そんなのどうでもいい‼」

体を少し離して、お兄様が俺の目を真っ直ぐに見つめる。

その真摯な眼差しに、いつの間にか俺の涙は止まっていた。

「ユミエ、お前は俺の妹だ。誰の子供だとか、誰が望んだとか関係ない、俺がそう決めたんだ‼」

「き、決めたって……あの、お兄様、兄妹は決めてなるものじゃ……」

「うるさい、細かいことなんかどうでもいいんだよ‼」

それ以上の口答えは許さないとばかりに、お兄様は俺をもう一度胸に抱いた。

息苦しいくらい力強い抱擁の中で、俺の耳にお兄様の声だけが優しく響く。

「俺はユミエと一緒にいたい。お前はどうなんだよ」

「私、も……お兄様と、一緒に、いたいです……」

「なら、最初からそう言え。お前がそう思ってくれてる限り、お前は俺の妹で、俺はお前のお兄様だ。女神ディアナとグランベルの名に誓って、お前は俺が守ってやる。絶対に」

「っ……!!」

一度は引っ込んだ涙が、再び溢れ出してくる。

でも、そこに込められた想いは、さっきまでみたいな悲しみじゃない。

お兄様がくれた優しさが、嬉しくて、温かくて……自然と涙が溢れてくる。

「「ユミエ……!!」」

「……お母様、お父様……」

息を切らせて部屋に駆け込んできた二人に、俺は目を丸くした。

今頃は二人きりで過ごしてるだろうって思ってたのに、どうして……。

「モーリスが教えてくれたんだ。お前に、俺達の話を聞かれていたかもしれないと」

「それで、急いで追い掛けて来たの。もしかしたら、一人で苦しんでるかもしれないと思って……」

「そうだったんですか……」

だとしても、わざわざ追い掛けてくるなんて。

驚く俺に、お父様は懺悔《ざんげ》するように言った。

「すまない……俺はお前を、リリエを守りたいという俺の都合のためだけにこの家に呼んだ。その癖、お前の立場が弱いことを知りながら、忙しさを言い訳にずっと放置してしまっていた……本当に、すまない」

だが、と、お父様は顔を上げる。

「俺は一度だって、お前の存在を疎ましいと思ったことはない！　許してくれとは言わない、だがせめて、俺にもう一度、父親としてやり直す機会をくれないか⁉」

「私も……カルロットに裏切られたって、真意を問い質《ただ》す前から決めつけて、勝手に恨みを募らせて、あなたの存在を蔑《ないがし》ろにし続けていた。こんな私が、何を今更と思うかもしれないけれど……」

お父様に続き、お母様もまた、その胸に秘めた思いを打ち明ける。

嘘偽りのない本音は、俺にとって棘《とげ》のような痛みをもたらすけど……それ以上に、お母様がちゃんと俺に向き合おうとしてくれている証《あかし》のように思えて、嬉しい。

「私は、あなたともう一度やり直したい。あなたがくれた優しさが、私とカルロットをもう一度結び付けてくれたように……今度は私が、あなたとこの家を繋ぐ架け橋になりたい。お願い、ユミエ……私の、私達の娘になって」

お父様とお母様、それぞれの想いを受け止めて、俺はもう胸がいっぱいだった。

そもそも、俺の中に二人への恨みなんか最初からない。

だって……確かに俺は、親子と言うには邪険にされてたのかもしれないけど、こうして元気に生きてるんだ。

ここは二人の家で、周りはグランベルの人間しかいない。事情を考えれば、俺を人知れず殺すことだってできたはずなんだ。むしろ、そうした方が良かったに決まってる。

それでも二人は、俺を三年間育ててくれた。

家族同士ですれ違って、傷付いて、苦しんで……俺を恨んでもおかしくないのに、それでもだ。

なら……俺から返す言葉なんて、一つしかない。

「許すも、許さないもありません。今更だなんて、そんな寂しいこと言わないでください」

一度お兄様に暴き出された本音は、もう止まらない。

血の繋がりとか、生まれがどうとか、政治的なこととか……そんな難しいこと、どうでもいい。

俺は――

「私は……お父様と、お母様と、そしてお兄様と……この家で、家族になりたいです。……それが、私の夢です」

腕を広げ、請い願うように口にしたその希望に、お父様とお母様はくしゃりと顔を歪《ゆが》めた。

「ああ……ああ！　お前は俺達の娘だ。これから先、何があっても、ずっとだ……！」

「ユミエ……こんな不甲斐ない母親だけど、よろしくね……！」

「はい……!!　えへへ」

家族四人で、夜が更けるまで目一杯抱き締め合う。

こうして俺は、この世界に来てようやく――本当の意味で、〝グランベル〟の家族として認められたのだった。

# 第二章

# 可愛い俺の社交界デビュー

Episode.
02

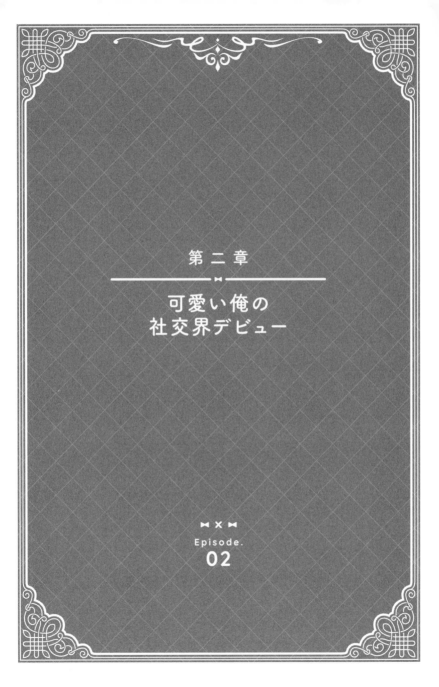

「お嬢様、朝ですよ」

「うみゅう……もう少し……あと五分……」

「早く起きないと、朝食に間に合わなくなっても知りませんからね？」

「あと五秒で支度する‼」

「五秒では無理ですし、ちゃんと準備する時間を見越しておりますので、落ち着いて準備しましょう」

はーい、と応えながら、俺はベッドから飛び降りる。

なぜこんなにも、朝食くらいでウキウキしているのかといえば、答えは一つ。

今日からは、何の憂いもなく家族みんなで集まって食事を摂《と》れるからだ。

当然、俺は朝早くから念入りに体をお手入れし、バッチリ可愛《かわい》くおめかしして記念すべきその瞬間を迎えようと、リサに頼んで早起きしたわけだが……。

「あのー、リサ？」

「はい、何でしょうか？」

「朝風呂を頼んだのも俺だから、そこに文句はないんだけど……やっぱり、お風呂は一人で入りたいなーって」

入浴の段階になって、早速俺は問題に直面していた。

俺の体はいいい。ぶっちゃけもう慣れた。

でも、普段はメイド服に隠れて分かりづらいだけで、非常に優れたスタイルを持つリサが、すっぽんぽんで俺のお世話をしている状況というのはその……色々と困る。

これでも、俺はまだ自意識は男のつもりなのだ。とてもよろしくない。

「ダメです。可愛くなりたいのであれば、こういった入浴時のケアこそ念入りにやらなければいけません。一人では洗いにくいところまでしっかりと、です」

「それは分かってるけどね？　やっぱり恥ずかしいというか……」

「それに、せっかくお嬢様の努力が実ったのです。せめて、こういう場面でくらいはお役に立たなければ。……私は、ほとんどお力になれませんでしたし」

リサの言葉を聞いて、俺は少しばかり口を尖《とが》らせる。

そんなこと、気にしなくていいのに。

「リサ」

「はい、なんでしょう……っ？」

俺は、後ろで膝立ちになっているリサの方に体を寄せ、軽くもたれかかる。

肌が触れ合い、直《じか》に感じる互いの体温。

そんな状態で、俺は顔だけ振り向いて笑顔を見せた。

「俺は、リサがいてくれて嬉《うれ》しかったよ。家族を仲直りさせるって決めてから……ううん、それより前からずっと。リサが味方でいてくれたから、これまで頑張ってこれたんだ」

「お嬢様……」

「ありがとう、リサ。大好きだよ」

今回の件で学んだことがあるとすれば、気持ちは言葉にして表さないと、何も伝わらないってことだ。

だから俺も、遠慮なく素直な気持ちをリサに伝える。性別とか、主従としての立場とか、そういうのは関係なく。人として、リサが好きだ。大切に思ってる。

「……私もですよ、お嬢様。一生お仕え致します」

そんな俺を、リサが優しく抱き締めてくれる。

その気持ちが嬉しくて、心までポカポカと温かくなる……けど、その分想定以上に肌の密着度が増して、益々《ますます》よろしくない状況になってきた。すっごく柔らかいものが頭に当たってる。

「ええと、リサ！　そろそろお風呂はいいよね!?　早く上がろう!!」

「おっと、そうですね。準備する時間が無くなってしまいます」

ドタバタと、半ば逃げるようにお風呂から上がった俺は、リサに手伝って貰《もら》いながらドレスを身に纏《まと》う。

髪をしっかりと乾かして、櫛《くし》を通し、鏡の前でふわりとポーズ。

うん、今日も俺、可愛い！

「そろそろ時間です、参りましょう」

「うん！」

リサに促され、食堂へ向かう。

以前は、やたら広々としているのに少ししか人のいない、寂しい場所だという感想を抱いた場所だ。

けれど今は……前回と全く同じ人数しかいないのに、十分過ぎるほどに明るく華やいで見える。

「ユミエ、やっと来た！　遅いぞ、早くこっち来いよ！」

真っ先に俺を出迎えてくれたのは、お兄様の元気な声だった。

それに応えて駆け出した俺は、その勢いのままお兄様に飛びかかる。

「ごめんなさい、お兄様！　けど、私は時間通りのはずですけど……？」

お兄様の腕に抱かれた俺は、はてと首を傾《かし》げる。

一応、俺も遅刻しないように少し早めに行動したはずなんだが……。

「そりゃあ、楽しみ過ぎて日が昇る前からここで待ってたからな。待ちくたびれたよ」

「何やってるんですかお兄様？」

日の出って何時間前だよ。そんなに早くからここにいれば、そりゃあ待ちくたびれて当たり前だよ。

そんな風に思っていたら、既に椅子に座って待機しているお父様が、フッと鼻を鳴らした。

「甘いな。俺は昨日の夜から一睡もしないままここで待っていた」

「本当に何してるんですかお父様⁉」

ただの朝食だよ⁉　いや、俺も楽しみだったし、早起きしてかなり気合いを入れて身支度したから、気持ちは分からないでもない。

でも、だからって徹夜で待機って何⁉　遠足前の子供でもそこまではしないよ⁉

「ユミエ、バカな男達のバカ自慢は放っておいて、こっちにいらっしゃい」

「は、はい」

相変わらず辛辣なお母様に苦笑しながら、俺は誘われるままに近くへ歩いていく。

と、そこで、ふとあることに気付いた。

「私はどこに座れば？」

上座に座るお父様と、その右側に座るお母様。そして、その更に右隣に座っているのがお兄様で……要するに、お母様のところに行くと座る場所がない。

てっきり、俺はお父様の左側に座るものかと思ってたんだけど……。

「あら、ここがあるでしょ？」

「え？」

足を止めていると、俺はお母様に抱き上げられ、膝の上に座らされた。

困惑する俺に対して、お母様はしれっと言い放つ。

「さあ、食べましょうか」

「えっ、お母様、本当にこのまま食べるんですか⁉」

「そうよ？」

何かおかしい？　と言わんばかりに、お母様はささっと食前の祈りを済ませてしまう。

いやいやいやいや。

「あの、私ももう十歳なので、これで食べるのは恥ずかしいと言いますか……」

「さあ、ユミエ、あーん」

どうにか離れようとする俺に、お母様はスプーンを使って食事を口元へ運んできた。

えっ、嘘でしょ、この上更に「あーん」までするの⁉

「いえ、あの」

「あーん」

「ですから」

「あーん」

「…………」

有無を言わさぬその圧力に屈した俺は、お母様に倣って祈りを済ませ、差し出されたそれをパクリと口にする。

……うん、美味《おい》しい、美味しいんだけど、恥ずかしい。

ただ、一番衝撃的なのは……周囲の誰も、そんなお母様の行動をおかしいとは思っていないことだ。

「リリエ、次は俺にやらせてくれ、交代だ」

「ダメですよ、これは母親の特権なので」

「横暴だ！　お前はそう言って、ニールの時もなかなか譲ってくれなかったじゃないか！」

「ちゃんと三日に一度は譲りましたよ？」

「少ない！　せめて一日交代にしてくれ！」

ぎゃあぎゃあと、なんともしょーもない夫婦喧嘩《ふうふげんか》を始める二人。

まあ、昨日までの喧嘩と違って、殺伐とした空気のない痴話喧嘩みたいなものだからいいんだけど……内容が酷《ひど》い。

というか、しれっとお兄様にもやってたとかいう衝撃の事実が語られたんだけど。

「あはは、懐かしいな、この感じ。俺もユミエくらいの歳《とし》になるまで、毎日ずっとこんなんだったよ」

「え……本当ですか、お兄様」

つまりこの家族にとっては、この状態の方がデフォルトらしい。

周囲のメイド達に目を向けても、「また朝のこのやり取りが見られるなんて」とか、「前は甘すぎて胸焼けすると思っていたけど、もうこれがなきゃ耐えられないわ」とか、「良かったですね、お嬢様……」とか、そんな反応ばっかりだ。

うん、逆によくこの状態からあそこまで悪化したね⁉　落差が酷すぎて風邪引きそうだよ⁉

「母様、俺もユミエを抱っこしたい、代わってよ」

「いいわよ、はい、ニール」

「待て、俺はダメなのにニールはオーケーというのは納得いかないぞ‼　リリエー‼」

まるでぬいぐるみか何かのようにお兄様へと手渡された俺は、そこでもお兄様に手ずから食べさせて貰う流れに。

なんかもう、ここまで徹底してると、一周回ってこれが普通なのかと思えてくるから不思議だ。

「ところで、お母様の実家……アールラウ子爵家はどうするんですか？」

お兄様の膝の上という、なんとも締まらない場所ではあるが、俺は昨日から気になっていたことを尋ねてみた。

過去の諍《いさか》いを越えて、俺を家族の一員として迎え入れてくれたことは嬉しいし、感謝してる。

でも……その代わりとばかりに、全ての元凶がお母様の実家だったと判明してしまったわけで。

はっちゃけてるように見えて、内心では複雑な想《おも》いを抱えてるんじゃないか。そう心配する俺に、お母様は得意げに笑った。

「任せておいて。二度と私達に手を出す気にならないくらい、しっかりお仕置きしておくから」

どうやら、俺が「放っておいたらまた何か仕掛けてくるんじゃないか」って不安に感じていると、誤解してしまったらしい。

訂正しようかとも思ったけど、やめておく。

少なくとも、お母様の今の様子を見るに、俺があれこれと心配する必要は何もなさそうだから。

代わりに、今度は俺の方からお母様の方に向かって、ぎゅっと抱きついた。

「無理はしないでくださいね？　私は、お母様が笑顔でいてくれるなら、それで満足なんですから」

「ユミエ……ありがとう」

お母様に抱き返され、優しい温《ぬく》もりに包まれる。

本当に、今までの俺からは考えられないくらい幸せな気持ちに浸っていると……ふと、視界の端にどんよりとした空気が映った。

「ユミエ……俺は……？」

お父様が、まるで捨てられた子犬のように寂しげな瞳でこっちを見ている。

過去の行いによる負い目があるからか、あまり強くも主張出来ずに落ち込んでいるお父様に、俺は苦笑と共に飛び移る。

「お父様！」

「おおっと!?」

お兄様から教わった魔法まで使い、綿毛のようにふわりとお父様の胸に飛び込んだ。

驚くお父様に、俺は下から覗《のぞ》き込むようににこりと笑いかけた。

「そんなに不安そうな顔をしなくても、私はお父様のことも大好きですよ。……でも、寂しいのは嫌なので、これからは時々こうやって甘えてもいいですか？」

もたれかかるように甘えながら、俺はそう問い掛ける。

正直、あんまり人前で甘えるのは恥ずかしさもあるんだけど、それで家族が円満になるなら安いものだ。

俺自身、やっと手に入れた自分の家族に、もっと甘えたいっていう欲求が無いって言ったら、嘘になるし。

そんな風に考える俺に対して、お父様は……。

「分かった、ユミエ。これからはずっと一緒にいよう。もう屋敷から離れないぞ」

そんなことを宣言した。

……ん？　なんかおかしくないか？

「あなた、確かに最近はやたら出張が多すぎたとはいえ、王宮が今大変なのは事実でしょう。呼び出されたら早々に破らなければならなくなる約束なんて、するものじゃないですよ」

「構わん、俺はもう絶対にここを離れんぞ！　たとえ国王に呼び出されようとだ‼」

「お父様⁉　私が言い出したことですけど、それはちゃんと応えなきゃダメですよ⁉」

ダメだこの親。早く何とかしないと。

もう、本当に……ちゃんと口は付いてるのかって聞きたくなるほど黙り込んで距離を取ったかと思えば、今度は永久磁石もびっくりするくらいくっ付いてくるとか、中間はないのかこのお父様は⁉　行動が極端過ぎるぞ‼

「断る‼　俺はもう、お前達がいないと生きていけないんだぁ‼」

だけど、お父様もこればっかりは譲れないとばかりに、力の限り駄々をこねる。

うん、これはあれだ。自分の想いに長年蓋をし続けてきたせいで、今反動でえらいことになってるパターンだな⁉

その後、本当に王宮から呼び出しの手紙が来たとモーリスさんに言われ、この世の終わりと言わんばかりの絶望顔で引き摺《ず》られていくお父様の姿には、さしものお母様でさえ同情の眼差《まなざ》しを送っていた。

うん……お父様が帰ってきたら、俺が丸一日べったりくっ付いて、慰めてあげようかな……。

こうして、俺が前世の記憶を取り戻してから初めて訪れた賑《にぎ》やかな朝は、放たれた矢もびっくりするくらいの早さで過ぎ去っていくのだった。


アールラウ子爵家。

最下級の男爵家より爵位は上だが、決して裕福というわけではない。

目立った特産もなく、肥沃な土地に恵まれているわけでもない。

グランベル家のように優れた武威があるわけでもなければ、国に誇れる技術者を抱えているわけでもない、どこまでも平凡な家。

だからこそ、というべきか。日々の暮らしに苦労しない程度の余裕が向上心を生み、発展の余地が見えない土地と家柄が、その自尊心をただひたすらに傷付け続ける。

そんな無間地獄のような日々を送る彼こそが、アールラウ子爵家当主にして、リリエ・グランベルの実の父親。グヴリール・アールラウだ。

「くそっ‼　リリエの奴め、開き直りよったか‼」

読んでいた手紙を破り捨てながら、グヴリールは怒声と共に紙くずとなったそれを目の前の机に叩《たた》き付ける。

そこに書かれていたのは、彼の娘であるリリエからの、最後通牒《つうちょう》。

これ以上私の家族に手を出せば、父親であろうと容赦はしない――そんな文言と共に、この三年間続けられていたグランベル家からの支援を再び打ち切ると、そう書かれていたのだ。

彼が押し進めていた事業――隣国ベゼルウス帝国との交易路作成の過程において行われた、アールラウ家の数々の不正。その事実をこちらは把握していると、遠回しな脅しまでつけて。

「まさか、婚外子《こんがいし》を本気で家族として迎え入れる覚悟を固めるとはな……あの娘からは考えられん決断だ」

グヴリールにとって、リリエは長い間アールラウ家の希望だった。

幼い頃から垣間見《かいまみ》せていた、大人顔負けの頭脳。優れた容姿。教えたことはなんでも吸収し、十歳の頃には宮廷作法もほぼ完璧にマスターしていた。

どこに出しても恥ずかしくない、自慢の娘。〝これ〟を使えば、あるいは上級貴族とも誼《よしみ》を結び、アールラウ家を大きく発展させられるかもしれない。そう夢想していた。

だが――現実は、そう甘くなかった。

あまりにも優秀過ぎたこと、厳しく育て過ぎたがためにほんの少しの緩みも許せず、相手の男にさえ厳しく接してしまうこと。それらの要因が重なり、リリエはグヴリールが期待したほど、社交の場で男にモテなかったのだ。

深い落胆と失望を覚え、以来娘への興味も失った。そんな時、当のリリエはグランベル家の当主、カルロットの心を射止めた。

王家の懐刀とすら称される、非常に勢いのある名家だ。他国に対する牽制《けんせい》として、いずれは侯爵への昇爵さえあり得るのではないかと噂《うわさ》されるほどの。

ついにやってくれたと、グヴリールは歓喜した。

これで、アールラウを名もなき田舎貴族とバカにする人間もいなくなると。

だが、ここでグヴリールにとって、予想外のことが二つ起きた。

一つは、社交の場でリリエが上手《うま》く立ち回れずに困っていた時、手を差し伸べるどころか見限ってしまったがために、リリエの中で〝家族〟という物に対する情が急速に薄れていったこと。

そしてもう一つ——カルロットという男が、その苛烈な戦歴とは裏腹に、非常に情熱的な愛妻家だったということだ。

貴族の常識からは考えられないほどに、一切隠す気のない好意と愛の言葉。

父に見捨てられたことで、これまでの人生と価値観に疑問を抱き始めていたリリエにとって、それは砂漠の只中《ただなか》で甘露のオアシスを見付け出すほどに衝撃的なものだったのだ。

その結果、リリエはそれまでの考えを改めるように、周囲に対しても優しくなった。

生来の厳しさは相変わらずだが、飴《あめ》と鞭《むち》を使い分けるようにして社交場の令嬢達を搦《から》め捕り、独自の情報網を構築するまでに至ったのだ。

そんなリリエが、唯々諾々と父の言葉に従い、何の将来性もない実家への支援を良しとするだろうか？　……答えは、否である。

娘を見捨てた子爵が、今度は娘に見捨てられるように支援を打ち切られたのだ。

当然、子爵は激怒した。自分の過去の行いは平然と棚にあげ、何とか復讐《ふくしゅう》してやらねば気が済まないと奮い立った。

――ことそこに至ってなお、〝娘への復讐〟などという不毛な行為を第一に持ってくるような短絡ささえなければ、あるいはアールラウ家にも大きく発展する未来はあったのかもしれない。

だが、現実に彼は娘への嫌がらせのためだけに、〝偶然〟拾ったメイドをグランベル家へと送り込み、夫婦仲に亀裂を入れることを目論《もくろ》んだ。

七年越しに見付かった子供の存在を出汁《だし》にグランベル家を揺すり、支援金をもぎ取った。

自分の優位を疑うこともせず、憎らしい娘を挑発するためだけに離婚すら勧めてみせた。出来るわけがないと、最初からそう確信して。

そのまま、不幸になってしまえ。自分達が幸福になれないのなら、お前達も不幸になってしまえばいい。

どこまでも低俗なその企《たくら》みは、またも彼にとっての常識からは外れた、家族の絆《きずな》によって打ち砕かれた。

本来であれば忌むべき対象であるはずのユミエを、家族の一員として大々的に認めるという荒技を以《もっ》て。

「婚外子のために、公的な誕生日パーティーを開くだと？　全く、意味が分からん」

イライラと貧乏揺すりを続けながら、グヴリールは最後通牒とは別にもう一つ送られてきた手紙の内容に目を通す。

要約すると……ユミエの誕生日を祝うパーティーを開くつもりだが、遠い子爵領からわざわざ来るのは大変だろうから、可愛い孫娘の誕生日を離れた場所で祝っていて欲しい、というようなものである。

遠いと言っても国内だ。魔法によって通常の数倍もの速さで移動可能なこの国の馬車にとって、大した距離ではない。何なら、アールラウ家よりも王都の方が遠いくらいだ。

つまりこれは、〝お前の手にある脅しのカードはもう無意味だ〟と通告するためだけの、形だけ丁寧な報告書である。遠回しに来るなと言っているところまで含めて、この上ないほど彼の神経を逆撫《さかな》でした。

「くそっ……!!」

どうして、自分達だけがこんな目に遭わなければならない？

あの娘を育てたのは自分だ。ならば、その娘の幸せは自分のものでなければおかしいのに、なぜ自分だけが不幸になる？

怒りのあまり、自らの思考が支離滅裂となっていることにも気付かないまま、グヴリールは何度も舌打ちを漏らす。

「子爵様、お客様です」

そんな時、部屋に入ってきた執事から、来客の知らせが届く。

ストレスによって我慢が利かなくなっていたグヴリールは、そんな執事にも当たり散らす。

「こんな時に誰だ!! すぐに追い返せ!!」

「しかし、子爵様。お相手は……」

執事の男が告げた名前に、グヴリールは目を丸くする。

どうしてこんなところに、と疑問を覚えながらも、グヴリールは幾ばくか落ち着きを取り戻した声で告げた。

「通してくれ」


「これはこれは、アールラウ子爵。お久し振りですね」

執事に案内されてやって来た男に、グヴリールはどう答えたものか迷う。

長身痩軀《そうく》のその男は、本来であれば子爵の方から会いに向かわなければならないような、圧倒的に上の立場の存在だ。こうして向こうから会いに来るなど、本来ならあり得ない。

しかも、お供の数も最小限。いや、それは果たして、お供と呼んでもいいのかどうか。まだ年端もいかない小さな子供が、全身を真っ黒なローブに包んで静かに控えている。

文官には見えない。だが、護衛の武官というにはあまりにも幼すぎる。それがまた、非常に不気味だ。

迷った末、彼が絞り出したのは、ありきたりな疑問の言葉だった。

「なぜ、貴方様《あなたさま》ほどの御方《おかた》が、こんな辺境に？」

「なに、ちょっと面白い噂を耳にしたので、真偽を確かめたかったのと……子爵に、一つ良い話を持ってきたのですよ」

「良い話、ですと？」

「グランベル家に、復讐したいんですよね？　良い手がありますよ」

「っ⁉」

つい先程まで考えていたことを言い当てられ、グヴリールは動揺する。

何せ、表向きにはグランベル家とアールラウ家の間には、まだ何の確執もないのだ。今回のユミエの誕生日パーティー以降であれば、あるいはそれが噂という形を取って広まる可能性はあるが……今このタイミングでそれを摑《つか》んでいるなど、あまりにも早すぎる。

「さあ、どうしますか？」

手が広い、という域を越えた情報収集力に、こうして対峙《たいじ》しているだけで感じる圧倒的なカリスマ。

元来、大した覚悟もない小物でしかなかったグヴリールが、その魅力に抗《あらが》えるはずもなかった。

「いいでしょう。私は何をすれば？」

暗い笑みを浮かべるグヴリールに、男は満足そうに一つ頷《うなず》き――背後に控えるローブの子供は、胸の痛みを堪《こら》えるように、唇を噛《か》み締めるのだった。


「お兄様、行きますよ！　見ててください！」

グランベル家の裏庭、騎士団の人達が己の武を鍛えるために用意された訓練場にて。俺は、お兄様と正面から対峙していた。

最初のうちは基礎の体力づくりしかやらせて貰えなかったけど、最近は魔法の訓練も付けてくれるようになってきたから、そのお披露目みたいなものだ。

披露する相手は、専属メイドのリサと、お母様だ。お父様は、王都に呼び出されてしまったのでここにはいない。残念。

「《火球《ファイアボール》》！」

俺の周囲に、燃え盛る炎の球がいくつも出現する。

一つ一つが俺の体よりも大きなそれを見て、お母様やリサが目を丸くした。

「いっけ――!!」

そんな炎を、飛ばす先はお兄様。

傍《はた》から見れば、実の兄を殺す気か！　ってくらい苛烈な攻撃に見えてるだろうけど……何も問題はない。

お兄様が、こんな分かりやすい攻撃にやられるほど柔《やわ》じゃない、っていうのもあるけど、それ以前に。

この炎、全部ただの見せかけだからだ。

「おー、本当に痛くも痒《かゆ》くもないな」

次々と炎が着弾し、大きな爆音を上げて火の粉が散る。

けれど、爆心地にいるお兄様は、全くの無傷。その体はもちろん、服にすら焦げ目一つつくことなく、何なら爆心地を中心とした地面にさえ、何の影響も及んでいない。

これぞ、生まれつき魔力が少ない俺の考え出した、俺だけの新魔法。

〝演出魔法〟だ。

「少なすぎる魔力を逆手にとって、とことんまで破壊能力を削《そ》ぎ落とした、まさに〝演出〟のための魔法、ということね。……こんな逆転の発想、よく考えたわね、ユミエ」

魔法とは、人が体内にある魔力をエネルギーとして発生させる、超自然現象だ。女神ディアナが人類にもたらした祝福だと言われていて、この大陸の最大宗教がディアナ教になっているのも、そこに理由がある。

つまり、強大な魔力を持ち、強力な魔法を操れる者ほど、女神から多くの祝福を授かった者であり、それだけ優れた人間である、っていう価値観が根強い。

一方で俺は、その肝心の魔力が貧弱なわけだけど……貧弱な魔力しかない分、その制御にかけては人よりも容易で、かなり繊細な操作が利くのだ。

それによって、弱々しい魔法を如何《いか》にも強そうな魔法に〝見せ掛ける〟のが、演出魔法の真髄である。

「えへへ、私でも力になれる方法はあるはずだって、ずっと練習してきましたからね」

ドヤ、と胸を張る俺に、リサはパチパチと拍手を送り、お兄様とお母様は俺を揉《も》みくちゃに撫で回して褒め倒す。うん、愛情表現が激しいよ。俺は好きだけど。

「これなら、私の魔力でも力は示せますよね？　グランベルの名に相応《ふさわ》しい子供だって」

「ええ、そうね。これなら今までにない形で、ユミエのすごさと可愛さを貴族達に見せ付けられるわ」

お父様とお母様は、アールラウ家の企みを打ち破るために、貴族達に対して正式に俺を娘だと宣言するための誕生日パーティーを企画した。

けど、俺はどこまでいっても婚外子だ。襲われたのはお父様の方で、薬まで盛られたなんて事情があるにせよ、そんなものは周囲からすれば関係ない。

そんな状況で、俺をお披露目するんだ。少しでもインパクトを強めて、悪い印象を吹き飛ばさなきゃならない。

そのために俺が考案した手段が、演出魔法だった。

グランベル家は、武闘派で鳴らした家だからね。優れた魔法を見せ付けることが出来れば、それだけでもかなり効果はある。

「後は、礼儀作法と、教養と、身なりでしょうか？　この辺りも本番までに詰めておかないと……お母様、パーティーはいつやるんでしたっけ？」

「三ヶ月後ね。ユミエの十一歳の誕生日だから、とびっきり素敵なパーティーにしないとね」

ただ、と、お母様が今一度俺の頭を撫でる。

「あまり無理はしないで。何か言う人がいたとしても、気にしちゃダメよ。誰がなんと言おうと、あなたはもう、グランベル家の家族なんだから」

「そうだぞ、ユミエ。もしお前の悪口を言うやつがいたら俺に教えろ、誰だろうとぶっ飛ばしてやる！」

「あはは、ありがとうございます、お母様、お兄様も。そう言っていただけると心強いです」

まさか本当にぶっ飛ばしたりはしないだろうけど、そう言って貰えるだけで気が楽になる。

……いや、本当にぶっ飛ばさないよね？　なんかやたら気合いと魔力が漲《みなぎ》ってる感じがするけど、大丈夫だよね、お兄様？

「さて、魔法の特訓もいいけれど、そろそろ休憩にしましょう。午後からは礼儀作法のお勉強もあるんだから、あまり根を詰めすぎると倒れてしまうわ」

「うー、もう少しだけダメですか？　本番までに、もっと色々と出来るようになっておきたいんですけど」

「ダメよ。それとも、ユミエは私とお茶の時間を楽しむのは嫌かしら？　せっかく用意したのだけど」

「お母様とお茶ですか？　わーい、行きます！」

喜ぶ俺を見てくすりと笑いながら、お母様が俺の手を取って歩き出す。

けど、その向かう先は屋敷の中ではなく、表の庭へと続く道だった。

そちらにある物を思い出して、俺は目を丸くする。

「お母様……いいんですか？」

そこは以前、俺が足を踏み入れて、お母様に打たれた場所であり、お母様とお父様が共に過ごした、思い出の場所。

二人の仲が冷え込み、使われることがなくなった三年の間も欠かすことなく整備され続けた温室だった。

「ええ、ユミエと一緒に行きたいの。……来てくれるかしら？」

「えへへ……はい！」

お母様の問い掛けに、俺は満面の笑みで応える。

どこかホッとした様子のお母様は、そのまま空いた手をお兄様の方へも差し出す。

「ニールも、行きましょう？」

「この歳で母親と手を繋《つな》いで歩くっていうのも、恥ずかしいんだけど」

「あら、いいじゃない、たまには。それとも、ユミエとが良かったかしら」

「ユミエとも繋ぎたいのは確かだけど……母様とも光栄だよ」

やや照れ臭そうにしながらも、お兄様がお母様と手を繋ぐ。

三人で並んで歩くその光景を、少し離れたところから、リサが微笑《ほほえ》ましげに眺めていた。


「む、むむむ……！」

お母様やお兄様とのお茶を楽しんだ後、お昼を挟んで俺はお母様からの〝授業〟を受けていた。

正しい姿勢での礼の仕方。歩く時の仕草。それから食事のマナー等々《などなど》。

どれもこれも、体の隅々まで意識を張り巡らせないとすぐに崩れるくらいキツイ姿勢であり ながら、意識し過ぎていると動きがカチカチになって、それはそれでダメだって言われてしまう。

いや、本当に難しい。

「ユミエ、それじゃあただの銅像よ。もっと自然に、こんな感じよ」

お母様の方を見れば、それはもう見事にビシィッと芯が一本通ったかのように完璧な姿勢で、なおかつ無理をしている様子が全くない。

そのあまりにも優雅な立ち振る舞いに、俺はキラキラとした眼差しを送った。

「お母様、すごいです！　どうやったらそんな風に出来るんですか⁉」

「ふふ、練習あるのみよ、ユミエ」

「あう、はい……」

何かコツは？　と聞きたくなった俺の気持ちを察したのか、情け容赦ない正論が降ってきた。

まあうん、そうだよね。そんな一朝一夕で身に付くようなコツがあったら、誰も苦労しないよね。

「でも、ユミエはまだ十歳だもの、それに、指導だって始まったばかり。それを思えば、十分飲み込みが早い方よ」

「うー、でも、私のお披露目まであまり時間もありませんし……それまでに、せめて同年代と同じくらいには出来るようにならないと」

俺の誕生日パーティーまで、あと三ヶ月しかないのだ。

礼儀作法以外にもやらなきゃいけないことは山ほどあって、どれも手は抜けない。抜きたくない。

少しでも早く習得して、俺もグランベル家の一員だって貴族達に示すんだ。

そうやって気合いを入れていると、お母様が少し表情を曇らせる。

「お母様？　どうしました？」

「……いいえ、大丈夫よ。ただ……ユミエ、無理はしていない？」

「え？」

どういうこと？　と首を傾げると、お母様は俺を労《いたわ》るようにそっと撫でる。

「確かに、ユミエは難しい立場にあるわ。誕生日パーティーを開くのも、グランベルの名でユミエを守るって、内外に示すため。……だけど、それがあなたの負担になってしまっているのなら……」

「大丈夫ですよ」

お母様が何を憂慮しているのかに気付いた俺は、にこっと笑みを浮かべてみせる。

俺は何も問題ないって、そう伝えるために。

「私にとっても、誕生日パーティーで立派な姿を披露するっていうのは大事なことなんです。私はグランベルの名に相応しい存在だって、他ならぬ私自身に示したいんです」

それが出来て初めて、俺はこの家族の一員だって、胸を張って言える。

お母様も、お父様も、お兄様も……俺のことを家族として受け入れて、精一杯愛してくれてる。でも、それじゃあただ、俺が一方的に享受するばっかりだ。いくら親子だからって、俺が子供だからって……そんなの、間違ってると思う。

何の力もなくたって、俺も何かお返し出来るって……この人達の家族でいても大丈夫なんだって、安心したいんだ。

「だから私、精一杯頑張ります。大丈夫ですよ、だって私、可愛いですから！」

ぶっちゃけ、たった三ヶ月でどこまで出来るかっていうと、怪しい部分があるのは否定出来ない。

でも、俺にはこの圧倒的可愛さという武器があるのだ。お兄様を堕《お》とし、使用人達を取り込んでお母様を動かし――今こうして、グランベル家で大事にされているのも、俺が可愛かったからだ。少なくとも、俺はそう思ってる。

つまり……俺の作法や礼儀に粗があっても、可愛ければ多少は誤魔化《ごまか》せるってことだ！

もちろん、何事にも限度ってものがあるし、グダグダな礼儀しか知らない子より、ビシッとかっこよく決められる子の方が良いのは間違いないから、真面目に頑張るけどね。それでも、最初から下駄を履かせて貰ってる分、普通の子より有利なのは間違いない。

故に、お母様が心配するほど、俺の状況は悪くない――そう伝えると、お母様は微笑ましげな笑みを浮かべる。

「そうね。ユミエの可愛さなら、誕生日パーティーも大成功間違いなしよ。終わったら、男の子達から毎日のようにお手紙が届くようになるかもね？」

「えへへ、そうしたら、お兄様やお父様にもたくさん自慢出来ますね。私、大人気だったって」

「あー、うん、そう、そうね……あまりのユミエの人気ぶりに、血の涙を流すくらい喜ぶかもね……？」

「……？」

なんだか急に歯切れが悪くなったお母様に首を傾げていると、当のお母様はそれを誤魔化すように、パンッと手を叩く。

「さて、それじゃあ授業を再開しましょうか。さっきも言ったように、無理はしないで。疲れたら、ちゃんと言うのよ？」

「はい！」

お母様の言葉に大きく頷き、俺は今一度気合いを入れて授業に取り組む。

そんな俺を、お母様は口では厳しく指導しながらも――その眼差しは、ずっと優しいものだった。

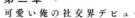

「はあ……全く、なんて厄介な状況だ」

俺の名は、カルロット・グランベル。つい先日まで、俺はグランベル領を離れ、王都に滞在していた。

理由は言うまでもなく、王家に呼び出されたからだ。より正確には、現在国王に代わって政務を取り仕切っている、この国の第一王子――シグート・ディア・オルトリア殿下に。

「王子殿下も人使いが荒い。王宮の現状を考えれば、仕方のないことではあるんだが」

現在、ここオルトリア王国のトップ層は、混乱の最中《さなか》にある。

というのも、シグート殿下の父である国王、アンゼルバン・ディア・オルトリア陛下が、病のため政務を執り行えない状態に陥ってしまったのだ。

現在、シグート殿下が王妃様の協力の下、各貴族達の取り纏めを行っているのだが、それでも猫の手も借りたいほどの大騒ぎである。

それこそ、内乱が起こったとしてもおかしくないほどに。

「貴族派の連中め、国王の不在をいいことに勢いづきおって」

現在オルトリア王国は、政治思想を元にいくつかの派閥に分かれ、それぞれが主導権を握ろう争っているが……その中でも特に勢いがあるのが、〝王族派〟と〝貴族派〟と呼ばれる二つの派閥だった。

片や、王家の権威を守り、これまで通りの政治形態を守ろうとする王族派。

片や、王家が持つ権力を分散し、地方の貴族により多くの裁量権を与えることで、国外の脅威に対し素早く対処出来るようにすべしとする貴族派。

周囲を敵国に囲まれるここオルトリア王国にとって、貴族派の主張は決して無視出来るものではない。しかし、裁量権と簡単に言うが、その実態はほぼ治外法権だ。やり過ぎれば地方貴族が丸ごと敵国に寝返るリスクを無視出来なくなってしまう。

そんな危ういバランスを、これまでギリギリのところで保っていた国王陛下の突然の病だ。

元々、各貴族が集まって話し合うことで国の方針を決める議会政治の形態を取っていたこの国で、貴族派が勢いづくのはある種必然だったのだろう。怪しい動きをする貴族がいくつも現れていると、王子殿下から注意を促されてしまった。

そして、俺にとって何より頭の痛い問題は……その、怪しい動きをする貴族達の中に、アールラウ子爵家の名前があったことだ。

ユミエや俺のことでトラブルがあり、半ば絶縁を叩き付けた直後に、まさかこんな展開になるとは。

「リリエに、なんと報告すべきかな……」

アールラウの口を封じるために、リリエは自分の生家が相手であるとは思えないほど容赦なくその裏を調べ上げ、隣国ベゼルゥス帝国との違法な取引が存在することを突き止めた。

違法な取引と言っても、それ自体はよくある話だ。本来通行税や関税をかけて値段を吊《つ》り上げるべき帝国の品を、賄賂を受け取ることで見逃し、私腹を肥やしていた。……ただし、証拠はない。なので釘《くぎ》を刺すだけに留《とど》め、これ以上の愚を犯さないことを信じることにしたのだ。家族としての、最後の情である。

しかし、ただでさえ両国間の不和もあって、アールラウ家が主導していた交易路の作成という事業が上手く行っていなかったところに、今回の追い打ち。貴族派の他の貴族達と結託して、よからぬ事を企んでいないとは言い切れない。

このまま、全てをリリエに話していいものか、と悩みながら、俺はグランベル家の屋敷へと戻って来た。

馬車を降りれば、外はとうに真っ暗。月明かりだけが照らす庭を見て、ドッと疲れを覚えながら歩きだし——思わぬ声に、俺は顔を撥《は》ね上《あ》げる。

「お父様ー！」

「ゆ、ユミエ⁉」

日はとうに沈み、草木すらも眠るような時間だ。まさか、出迎えがあるなどとは夢にも思わなかった。

勢いよく胸に飛び込んで来るユミエを抱き留めると、その奥からリリエとニールまでやって来る。悪戯《いたずら》が成功した子供のような笑みを浮かべる二人は、待っていましたとばかりに種明かしを始めた。

「あなたが帰って来るのが夜遅くになるって、昼間に連絡をくれたでしょう？　それを見て、ユミエが言ったのよ。『お父様がそんなに遅くまで頑張っているなら、せめてちゃんとお出迎えしたい』って」

「どう考えても寝る時間だし、途中でトラブルがあったら父様が帰るのは翌朝になるかもしれないって言ったんだけど、ユミエが聞かなくてさ」

「んぅ……だって、お父様が帰って来た時に、誰も待っていないなんて寂しいじゃないですか。私は朝までだって待つつもりでしたよ！」

「ついさっきまで、めちゃくちゃウトウトしてたけどな」

「お、お兄様、それは言わない約束です！」

ぷんぷんと、頰《ほお》を膨らませて抗議するユミエ。だが、その間にも指先で何度も目元を擦《こす》っていて、本当に眠いのだろうと容易に察せられる。

服装も、後は眠るだけと言わんばかりのネグリジェ姿で、限界が来たらすぐにでもベッドに運べるように準備されていたのだろう。

そこまでして、家族が――ユミエが、俺の帰りを待ってくれていた。それが、何よりも嬉しい。

「お父様、泣いてます……？」

「ははは、そんなことない。これは、あれだ……疲れで汗をかいているだけだ」

俺はずっと、ユミエに親らしいことを何もしてやれていなかった。

そのことを後悔し、これからはちゃんと親らしいことをやろうと、少しオーバーなくらいにユミエを可愛がってもみた。

だが……こうして、ユミエの優しさを改めて目《ま》の当たりにすると、それではまだ足りないのだと痛感させられる。

言葉だけでも、行動だけでも足りはしない。

共にある限り、いつまでもその想いを言動に表し、伝え続ける。そしてそれを、どれだけ積み重ねたか。作った思い出の数だけが、親子の愛を証明してくれるのだろう。

ならば、この夜のひと時もまた、大切な思い出として胸に刻み……明日もまた、これに負けない思い出をユミエの記憶に刻んでみせよう。

それが俺に出来る、唯一の贖罪《しょくざい》であり、親としての責務であり——何よりも大きな、幸せなのだから。

「ありがとう、ユミエ。愛しているぞ」

「えへへ、私もお父様のこと大好きです、愛してます！」

ユミエをそのまま抱き上げ、ポンポンと撫でながら屋敷の中に向かう。

俺を出迎えるという目標を達成して、いい加減眠気に限界が訪れたのか、ユミエはその僅かな移動の間に眠ってしまったが……俺の腕の中で無防備に眠るその姿が、まるで俺への信頼の証《あかし》のようで、嬉しい。

「ふふ、まるで天使みたいな寝顔ね。ニールの小さい頃を思い出すわ」

そんな俺に、リリエが話しかけてくる。

ここ何年も見ることが叶《かな》わなかった優しい表情に、俺も自然と頬が緩む。

「そうだな。ニールもよく、日がな一日外で遊び回っては、魔力が切れた魔道具のようにこてんと眠ってしまったりしていた。あの時も、こうして抱き上げてベッドまで運んでいたな」

「ちょっ、そんな話、ユミエの前でしないでくれよ⁉ 俺は頼れるお兄様として、ユミエを守るって決めたんだ。完全無欠の騎士だって自慢しといてくれ」

「ふふ、それなら、まずは食べ物の好き嫌いを無くすところから頑張らないといけないわね？ ユミエは残さずなんでも食べるわよ」

「んなっ⁉ そ、それとこれとは話が別だろ、母様‼」

リリエに揶揄《からか》われたニールが、顔を真っ赤にして反論する。

そんなニールをリリエが軽くあしらい、楽しげな笑みを浮かべている。

この三年間、ずっと見たくても見られなかった光景。ユミエが来たことで失われ、ユミエのお陰で再び取り戻すことの出来た幸せ。

今度こそ、俺はこの光景を守らなければならない。二度と、道を誤らないように。

そう考えたら、屋敷に戻って来るまでに抱いていた葛藤など、気付けば失われていた。

「リリエ、実はアールラウ家の件で、大事な話がある。朝になってからでいいから、聞いてくれるか？」

「……ええ、もちろん。朝と言わず、今からでもいいわよ？　良い話も、悪い話も……なんでも言って」

「ああ、ありがとう。だが、どちらにせよ……ユミエをちゃんと部屋に送り届けてから、だな」

「ふふ、そうね」

静かに眠るユミエを見つめながら、俺達は笑い合う。

その絆が、以前よりも更に深まったという喜びを、確かに感じながら。


俺に出来ることを精一杯頑張りたい。

お母様の前でそう宣言した俺だったけど、その決意は日を跨《また》いだ今、早々に崩れ落ちそうになっていた。

それというのも、今俺が取り掛かっている作業が原因だ。

パーティーに向けて、俺がやらなければならないほぼ唯一の〝仕事〟。それは……。

「リサ……招待状って、あと何人に書かなきゃダメなの……？」

「数えてしまえば更にやる気が削がれますので、意識しない方がマシだと思いますよ」

「………」

王国各地にいる貴族達に送る、俺の誕生日パーティーへの招待状の執筆だ。

そのあまりにも途方もない数に、俺はぐったりと机の上で突っ伏した。

「こういう時こそ魔法で転写じゃないの？　お母様と一緒にお父様の裏を探ってた時もさ、お父様の書いた書類を魔道具で写してお母様に渡してたわけじゃん？　それやっちゃダメなの？」

「ダメです。こういうことは手書きにこそ価値がある、というのが貴族社会の常識ですので。更に言えば、送る相手の名前を実際に書いて覚えることで、当日になって呼んだ相手が誰だか分からないなどという無様な姿を晒《さら》さなくて済むという利点もあります」

「言いたいことは分かるけどさ～！」

便利な道具があるのに、それを使わずに敢《あ》えて伝統に則《のっと》って行われているアナログな行為には、それをする意味がある。

真面目に考えれば、その〝意味〟よりも使わないことによる弊害の方が大きいんだけど、なまじ意味が少しでもあると、なかなか声を大にして変えられないのが現実だ。

うん、まさかファンタジー世界にまで来て、こんなリアルを我が身を以て体感することになるとは思わなかったよ。

「というか、一度書いたくらいでこんなにたくさんの名前を本当に覚えられるの？　とても覚え切れる気がしないんだけど」

「覚えなければならないのが貴族です。ちゃんと肖像画を見て顔も覚えてくださいね」

「うわ〜〜‼　リサがお母様より鬼だよ〜〜‼」

「ぶっちゃけますと、礼儀作法よりもそちらの方が重要度は高いので、当然です」

「うぅ、はーい」

ぶつくさと文句を言いながらも、その重要性は俺だって理解できるのでちゃんと真面目に取り組む。

実際、会ってすぐに名前を覚えてくれる相手と、何度会っても覚えてくれない相手だったら、間違いなく前者の方が良い印象を抱くだろう。まして、初対面から既に名前を知られていて、その仕事ぶりや勇名について事前に調べてくれていたら、どう思うか？

そりゃあもう、嬉しいだろう。俺だって嬉しいし、話も弾む。話が弾めばその分印象も良くなり、多少の礼儀作法の不得手なんか、笑って見逃してくれるようになるかもしれない。

そう考えれば、リサがこれこそを最重要だと位置づけるのも納得である。

まあ、納得したところで、大変な作業だってことは全く変わらないんだけどね。

「午後になれば、お嬢様のドレスをデザインしてくださるデザイナーの方が来ますので、それまでの辛抱です」

「ああ、そうだったね。それは素直に楽しみだよ」

パーティーに向けて準備すべきなのは、何も俺の技術や教養ばかりじゃない。俺の可愛さをより引き立ててくれるドレスだって大切だ。

パーティーの主役らしく華やかに、奇抜過ぎず、だけど万が一にも他の誰かと被《かぶ》ったりしないような独創性を。

そんな頭の痛くなる悩みを日々抱えてファッションセンスを磨くのが、貴族令嬢というものだ。

普通の男なら、面倒くさいって投げ出したくなるところかもしれないけど……俺としては、むしろ楽しい。

このユミエちゃんという至高の素体を如何に輝かせられるのか、俺のセンスが試されていると思うと、ワクワクしてくるよ。

「よーし、俄然《がぜん》やる気が漲ってきた！　一気に終わらせるぞ！」

「その意気です、お嬢様」

リサに応援されながら、俺は勢いよく招待状の山に挑みかかる。

結局、その膨大な数の半分も捌《さば》くことが出来ず、明日に持ち越しとなってしまって涙を呑《の》むことになるんだけど……この時の気合いは決して無駄ではなかったと、そう思いたい。


「初めまして、ユミエ様。私がセナートブティックのオーナーを務めております、セリアナと申します。こちらは、娘のマニラです。今日は見学ということで連れてきましたので、こちらはあまり気にせずとも構いません」

「よろしくお願いします」

午後になり、ついに待ちに待ったデザイナーが屋敷にやって来た。

出迎えに向かった先で俺にペコリと一礼するのは、紫紺の髪を持つ一組の母娘《おやこ》。母親の方はお母様と同い年くらいで、娘の方はお兄様と同い年くらいに見える。

ブティックのオーナーだからなのか分からないけど、本人達も美形だし、何より服装がとてもお洒落だ。

貴族が纏うようなドレスとは違う、スーツに近い格好なんだけど、普通の平民とは明らかに一線を画する秀逸なデザインと高級感。

貴族の存在感を脅かさず、さりとて自分達の実力を侮らせない絶妙なバランスを感じる。

この人の腕は信用出来そうだな。いや、俺にそれを判断する審美眼はまだないんだけどね。

「わざわざご足労いただきありがとうございます。私が今回ドレスを注文させていただく、ユミエ・グランベルと申します。どうぞお見知りおきを」

ふわりと微笑み、貴族らしい所作でお辞儀をする。

そんな俺に、セリアナさんは僅かに感心したかのように目を見開き、マニラに至っては放心してしまっている。

ふふふ、どうだ、すごかろう、俺の礼儀作法は。

日々お母様から厳しく教え込まれ、自分でも鏡の前で練習を重ね、どうすればより俺自身の可愛さが引き立つか研究を重ねているんだ。いくら同性とはいえ、この可愛さの前では堕《お》ちずにはいられまい！

「よく来てくださいました、セリアナ様。マニラさんも、初めまして」

……などと密《ひそ》かに調子に乗っていた俺の隣で、俺なんか比較にならないくらい完璧な所作でお辞儀をするのが、俺の師匠たるお母様だ。

うん、俺なんてまだまだ未熟者でした、ごめんなさい。

「リリエ様、ご無沙汰しております。ユミエお嬢様のお話は小耳に挟んでおりましたが、これほど可憐《かれん》で礼儀正しいお嬢様だとは存じませんでした。流石《さすが》は由緒あるグランベル家の子ですね」

「ふふふ、そう言って頂けると嬉しいですね。自慢の娘ですから」

セリアナさんがお世辞を口にすると、お母様の雰囲気がグン、と二割増しくらいで明るくなった気がした。

やっぱり、明らかなお世辞でも言われると嬉しいものなんだな。いや、可憐だってところは事実だけどね！

「…………」

そんな風に思っていたら、娘のマニラが未《いま》だに俺に熱い視線を向けていることに気が付いた。

ここまで夢中になられると流石に照れちゃうな。無理もないけど。

「私は、マニラさんもとても素敵な挨拶をされるんだなと感心してしまいました。ご指導はセリアナさんがされているのですか？」

気付いてしまえば放置するのも悪い気がして、俺の方から話を振ってみる。

それを受けて、ようやく我に返ったのか。マニラはびくんと体を跳ねさせて反応を示す。

まあ、口を開いたのはセリアナさんの方だけど。

「はい、仕事柄、貴族の方と接する機会はどうしても多くなりますから。まだまだ拙いところもありますが、大目に見て頂ければ助かります」

「いえいえ、とても素晴らしい所作で、お手本にしたいと思うほどでしたよ」

「そ、そんな……光栄です、ユミエ様……」

どこか陶酔した表情のまま、絞り出すようにマニラがそんなことを呟《つぶや》く。

いや、うん、俺が可愛いのは分かるけど、そこまで？　実は熱があるとかじゃないよね、大丈夫？

「それでは早速ですが、お嬢様のドレスのデザインについて詰めていきましょう」

マニラのことは一旦横に置いて、セリアナさんとの話し合いに移る。

応接室に通された彼女達が並んで座り、俺もお母様と隣同士。机を挟んでカタログを広げながら、セリアナさんが口を開いた。

「お嬢様は、好みのデザインなどありますか？」

「そうですね……体の動きを阻害するようなものは少し苦手です」

カタログをパラパラと捲《めく》りながら、俺は呟く。

コルセットドレスみたいな、体のラインを強調して細く見えるようにする服装が今の流行《はや》りなのだが、あれってものすごく窮屈で動きにくいんだよな。

それに、元々色白な俺があれを着けると、血色が悪くなってなんというか、可愛さよりも不健康な印象の方が強くなってしまうし……ただでさえ、礼儀作法に関しては習い始めたばかりで不安の残る俺が、更に体の可動を制限するようなドレスにすれば、余計に酷い醜態を晒す危険もある。

幸い、俺はお兄様との日々の訓練で、体は細く引き締まってるからな。無理に締め付けるより、ある程度動きやすさを優先してもいいはずだ。

「ふむ、そうなると……」

カタログを一度片付け、何がいいかとセリアナさんが迷い始める。

その時、俺はふとマニラがここに来た時からずっと手に持っているノートが気にかかった。

「マニラさん、そのノートって、何が書いてあるんですか？」

「えっ、あ、いえ、これは私の覚え書きのようなもので……考案中のデザインとか、そういう……」

「考案中の……ちょっと見せて頂いても？」

「えぇ!?」

驚くマニラが、助けを求めるように周囲に視線を巡らせ……母親のセリアナさんが一つ頷いたところで、意を決して俺にそのノートを差し出してくれた。

「どうぞ……」

「ありがとうございます」

ぺらりと中を捲ってみると、確かに作りかけのデザインやアイデアの覚え書きが書き連ねられていた。

その中の一つに、俺は目を留めた。

「あら、これは……懐かしいわね」

「お母様？　懐かしいってどういうことですか？」

「このドレス、私が若い頃に流行っていたものなの。全体的な色合いとか、細かい部分で今風にアレンジしてあるけど、作りは当時のままね」

コルセットなどを使って、全体的にきゅっと締め付けたスタイルの良い今風のドレスとは対照的に、ふわりと広がるゆったりとしたデザイン。

線の細さを強調するのには向かないタイプだけど、どこかお人形めいた可愛らしさを感じるそのドレスは、俺みたいな子供にはぴったりじゃなかろうか？

「セリアナさん、これを元に、私のドレスをデザインして頂けませんか？」

「えぇ!?」

俺がそう頼み込むと、セリアナさんよりも先にマニラの方が驚愕《きょうがく》のあまり叫んでしまう。

はしたないと思ったのか、慌てて口を塞ぐその姿に微笑みながら、俺はお母様に目を向けた。

「いいですよね？」

「そうね、これなら細かい所作は目立たないでしょうし、ユミエの雰囲気とも合っているかも。セリアナさん、お願い出来るかしら？」

「かしこまりました。では、この方向で纏めたデザインを何通りか用意致しますので、それを見てまた改めて話し合いましょう」

さらりと請け負うセリアナさんからは、まさにどんな要望にも応えてみせるというプロの心意気を感じる。

それがまだないマニラは、自分のデザインで本当に良いのかと不安な様子だ。

「あ、あの、あの……」

「マニラさん」

混乱する彼女に、俺は改めて声をかける。

震えるその手を優しく包み込み、励ますように。

「大丈夫です、あなたなら出来ますよ。あなたのセンスを私は信じますから、もっと自信を持ってください」

「私の、センスを……?」

俺の言葉を聞くと、マニラはしばし目を伏せて……やがて、決然とした表情で口を開いた。

「分かりました……ユミエお嬢様に釣り合うような立派なドレス、必ずお母さんと一緒に作り上げてみせますから……待っていてください……！」

「はい。期待して待っていますね」

よし、この様子なら大丈夫だろう。

果たしてどんなドレスに仕上がるのか、今から楽しみだな。

私の名前は、マニラ。グランベル伯爵領では有名な貴族向けブティック、〝セナートブティック〟のオーナーの娘だ。

小さい頃から、ずっとお母さんの仕事に憧れていて、見様見真似《みまね》でドレスのデザインをしたり、お母さんのお客様対応を真似たりしてきたけど……正直、ちゃんと出来ているかはよく分からない。

お母さんは私のことを「天才だ」って言ってくれてるけど、普段の私は引っ込み思案で、家事の手伝いもほとんど出来ないドジな子供だから、あまり自信がない。

だから、そんな私をお母さんが、グランベル家の娘の社交デビュー衣装を決めるための商談に連れていくと言い出した時は、本当に驚いた。

怖かったし……でも同時に、ちょっと期待もしていた。

どれだけ自信が持てなくても、お母さんが散々褒めてくれていたデザインの才能が、本当に他の人から見てもすごいものなのか、確かめる機会が巡ってきたと思ったから。

勢いあまって、自分が作ったデザインノートまで持ち込んで……後はどうにかそれを見て貰うだけというところまでいっておいて、躊躇《ちゅうちょ》してしまった。

流行りのデザインは避けたいと、この上ないくらい最高のアピールタイミングまであったのに。

結局何も言えないまま、口をつぐんでしまう……そんな私に、一筋の光が差し込んだ。

グランベル家令嬢、ユミエ・グランベル様。

今回の主役——私より幼いこの御方が、私に気付いて声をかけ、私の案を採用してくださったのだ。

「それではその……採寸、進めて行きますね？」

「はい、よろしくお願いしますね、マニラさん」

私が採寸を始めようとすると、ユミエ様は躊躇《ためら》いなくその体を私の前に晒してくれた。

あなたのデザインが元になるのだから、出来る限りあなたの主導で作業を進めてみなさい。

最大限、サポートするわ——

そうお母さんに言われた時は、正直あまりにも畏れ多くて逃げ出したいくらいだったけれど……半裸になったユミエ様の姿を目にした瞬間、吸い寄せられるようにその体に手を伸ばしてしまう。

白魚のように美しい肌。儚《はかな》さを感じるほどに細い手足でありながら、実際に触れてみると意外にも張りのある弾力が返ってきた。

下着姿になってさえ上品さを感じる洗練された立ち振る舞いに、どこか凜《りん》とした笑顔は可愛らしさと同時に格好良いという感想すら抱かせる。

天使のような可憐さと、王子様のような凛々《りり》しさを兼ね備えた、不思議な魅力を持つ伯爵家のお嬢様。

気付けば、私はこの方の放つ魅力にすっかり夢中になっていた。

「ふひゃっ！　……マニラさん、まだですか？　くすぐったいです」

「あ、す、すみません！」

ふひゃって、今ふひゃって言った！

こんなに綺麗《きれい》で格好良いのに、その上自然にそんな声まで出てくるなんて可愛らしすぎる。

この方はどれだけ私を魅了すれば気が済むんだろう？

そんな風に思いながら採寸を終えると、ユミエ様は何やら難しい表情で黙り込んでしまった。

どうしたんだろう？

「完璧な子供体型……ちょっと細すぎるし、もう少し肉付けてぷにっとさせた方が可愛くなる気も……食事量増やしてみるか……？　いやでも、今から調整は無理か……」

ブツブツと呟かれる内容に、私は衝撃を受けた。

理想的な体型のために食事制限をするというのは、貴族ではよくあることだと聞いている。

でも、それは常に〝細くする〟方向であって……〝太くする〟ために食事量を調整しようなんて話は、聞いたことがない。

流行りや常識に囚《とら》われない、斬新な発想。

お母さんは、私のことを天才だと言っていたけど……本当の天才は、ユミエ様のような方のことを言うのだろう。

すごすぎて、もはや嫉妬する気も起きない。

「……マニラさん？」

「ひゃ、ひゃい⁉」

ユミエ様に見惚《みと》れていたら、思った以上に時間が過ぎていた。

声をかけられ、慌てふためく私に、ユミエ様は優しく声をかけてくれる。

「そんなに緊張しないでください。これからは長い付き合いになるんですから、もっと気楽に、友達だとでも思ってください」

「そ、そんな、友達だなんて畏れ多いです……って、長い付き合い、ですか……？」

「それはもちろん、今後も私のドレスをデザインして貰うことになりますから、仲良くしましょう？」

「ふえ、ふえぇぇ……‼」

貴族令嬢は、高い立場の者ほど専属デザイナーというものを置く場合がある。

自分の依頼を最優先で引き受け、緊急の場合でも素早くドレスを仕立てられるように。あるいは、腕の立つデザイナーを独占することで、自分だけが持つオリジナルのドレスを用意させたり。

その立場は、デザイナーにとっては夢の頂。特に、将来有望なご令嬢に仕えることは、王子様のプロポーズにも勝る至上の喜びだ。

まるで天使のごとき可憐さと心優しさを併せ持つユミエ様からのお誘いは、私にとってまさにこの上ない栄誉。この先一生……ううん、人生を何度やり直したところで手に入るかわからないほどの幸運だった。

「ほ、本当に……私なんかで、いいんですか……？」

「え？　いいも悪いも、もうマニラさんしかいないと思っていますよ？」

今更何を言っているのかとばかりに、ユミエ様は小首を傾げる。そんな仕草すら可愛らしい。

これはつまり、ユミエ様は最初から……私のデザインで行くと決めた時から、私を専属にと選んでいてくださったということ⁉

「あ、ありがとうございます……‼　私、これから先もずっと、ユミエ様に尽くし続けます……‼」

「え、ずっと？　えーっと……まあいいか、よろしくお願いしますね」

「はい！」

認めていただけたことが嬉しくて嬉しくて、もうユミエ様を見ているだけで無限のアイデアが湧き出してくる。

専属デザイナーなら、小物やアクセサリー、髪型なんかも合わせてコーディネートする権限もいただけるよね？

どんなドレスがいいかな。どんな風に纏めたら素敵だろう？

ユミエ様なら、どんな格好をしても素敵だろうけど、どうせならこれ以上ないくらい輝かせて、誕生日パーティーを成功させて差し上げたい。

「ユミエ様の可憐なお姿を、私がより至高のものへと導いてみせます。……うふ、うふふふ……！」

「マ、マニラさん？　ちょっと怖いですよ？」

後に、この時のユミエ様に私を専属とする意思はなく、単なる私の早とちりだったと知って身悶《みもだ》えする未来が待っているなどと知る由もない私は、それはもう幸せな妄想に浸って大暴走する。

けど、この時の自重を忘れた暴走を切っ掛けに、本当に専属として指名されることにもなるから……結果としては、それで良かった、のかな？

ついにやって来た、グランベル家主宰によるユミエ・グランベル嬢の誕生日パーティー当日。

その屋敷の一角、大勢の貴族を招くために造られた会場には、招待を受けた数多くの貴族達が足を踏み入れ、開会の時を今か今かと待ち望んでいた。

「グランベル家の娘のお披露目パーティーとのことですが、いやはや、娘がいたなどとは私、初めて知りましたわい。そちらはどうですかな？」

「いやはや、私も初耳ですぞ。伯爵も人が悪い、生まれた時に便りの一つでもくだされば、祝福の言葉をかけられたというのに」

開会までの間を潰すための、貴族達の何気ない会話。しかし、そこには伝わる者にしか伝わらない、多量の毒と棘《とげ》が含まれている。

――グランベルの隠し子を、今になってお披露目とは。何を考えているのやら。

――これまで何も言えなかったということは、相応の生まれの娘ということだろう。大したことはあるまい。

何重にもオブラートに包み込み、社交辞令で飾り立てた陰口の応酬。

傍から見れば優雅で、中から見れば腐りきった貴族達のやり取りを聞き流しながら、一人の令嬢が溜《た》め息《いき》を溢《こぼ》していた。

「やれやれ、まさかこの私が、こんなくだらないパーティーに出席することになるなんて……憂鬱ですわ」

深紅の髪を持つ、歳の頃十三歳程度のその少女の名は、モニカ・ベルモント。ベルモント公爵家の令嬢だ。

燃え盛る炎のように真っ赤な髪と、勝ち気な性分が如実に現れた吊り上がった眼差し。年不相応なまでに大きく育った胸の双丘が、この歳にしてどこか大人の色香を感じさせる。

同年代では頭一つ抜けた強力な魔法を操る才媛としても知られており、社交界を牛耳る次世代の女傑となるのは彼女で間違いないと、まことしやかに噂されていた。

そんなモニカにとって、このパーティーはさして参加する価値のない代物だ。

他の凡百の下級貴族であればいざ知らず、ベルモント公爵家ほどの家であれば、ユミエがグランベル家の婚外子であるという情報など容易に摑むことが出来る。

ここ数年のグランベル家を取り巻く不穏な空気を考えれば、今回のパーティーの主な目的が、悪化した家族関係の修復が終わったと周知するためであることなど明白だろう。

それ自体は、重要な情報だ。王家の懐刀とまで称されるグランベル家は、〝王族派〟貴族の中でも特に強い立場を持つ。そのグランベル家がお家騒動から立ち直れば、〝貴族派〟のトップと目されるベルモント家に大きな影響を及ぼすのは間違いない。

しかし、逆に言えばそれだけだ。派閥は違えど同じ国を支える重鎮として、家の誰かが直接祝いの言葉を述べに来るのが礼儀だから、モニカがこうしてやって来たというだけで……出席した時点で、その目的は既に達成しているも同然である。

ユミエ当人は、あくまで婚外子。政治的な価値など無きに等しいのだから、仲良くなるどころか、名前を覚える必要があるのかどうかすら怪しい。

「早く帰りたいですわね……」

はあ、と今一度溢れる溜め息を、子供用の小さな扇子で覆い隠す。

少し背伸びしている感の否めない所作だが、大人びたドレスと教育の行き届いた作法、そして彼女が持つ抜群のプロポーションも相まって、それなりに様になっている。

「どうしてお父様はこんなパーティーに私を……重要度の高くない場で経験を積ませたいのは分かりますが、それにしてももう少しマシなところもあるでしょうに……」

とはいえ、やはりまだまだ子供というべきか。

自尊心の高さ故の不満が無限に湧き出し、終わりなき文句となってブツブツと口から溢れ落ちていく。

そしてその矛先は、すぐに父親からこのパーティーを主催したグランベル家へと向けられる。

「そもそも、私達高位貴族も招くパーティーだというのに、この会場には華やかさというものが欠けていますわ。未だに料理の一つも並んでおりませんし、全くなっておりませんわね」

貴族のパーティーは、いわば自らの家の力を知らしめるためのデモンストレーションの一面を持つ。

並べられた料理や、会場に飾り付けられた調度品の数々はもちろん、ぶら下がったシャンデリアの明かりによってそれらを一際輝かせ、少しでも華やかな雰囲気を作ろうとするのが基本だろう。

ところが、この会場に並べられたテーブルの上は未だ料理の一つも並んでおらず、シャンデリアの明かりも点《つ》いていないため、どこか会場全体が薄暗い印象を受ける。

まだ夕暮れには早い昼時である以上、暗くて困るということはない。料理にしても、招待客が全て揃《そろ》い、主催者による挨拶が行われるまでは手を付けないのがマナーである以上、不都合はないだろう。あるいは、ギリギリまで配膳を待つことで、少しでも良い状態の料理を披露しようという目論見なのかもしれない。

それでも、モニカの目にはそれら全てが、グランベル家の怠慢のように思えてならなかった。

「ああもう、イライラしますわ。……うん？」

そんな時、一瞬だけ会場がざわついた。

恐らく、最後の招待客がやって来たのだろう。公爵令嬢たる自分より後に来るなど、一体誰なのか――そんな興味本位で視線を向けたモニカは、思わぬ人物の登場に驚いた。

「シグート王子……!?」

オルトリア王国第一王子、シグート・ディア・オルトリア。

彼の姉弟《きょうだい》は、既に他国に嫁いだ姉と、まだ幼い妹しかいないため、事実上の次期国王である。

病に倒れた父に代わり、十六歳という若さで政務を取り仕切るその明晰《めいせき》な頭脳と、整った美貌。

流麗な剣の腕は既に本職の騎士にも届くほどとされ、叶わぬ恋心に胸を焦がす若い令嬢が後を断たない。

他ならぬモニカもまた、そんな令嬢の一人だった。

「まさか、こんなパーティーに王子が出席するだなんて思いもよりませんでしたわ。お父様はこのことを知っていたのかしら？　だったらそう言ってくだされば良かったのに」

グランベル家は、王家にとっても重要な家臣だ。普通なら、こういった場で王子が挨拶に訪れるなど当たり前である。

しかし、現在は情勢が悪い。国王が病に倒れ、王子がその代理を務めている最中。もっと緊急度の高い仕事が山積みになっているはずの王子が、代理人を使わず自らの足で参加した。

つまりはそれだけ、王家はグランベル家との関係を重要視しているという証であり——ユミエという少女の存在が、グランベル家の中で大きなものだという意味でもある。

王子が参加するという、ただそれだけのことに込められた、政治的な意図。それを察せられた者は、決して少なくはない。

ただし、まだまだ子供だったモニカには察せなかったようだが。

「これを機に、私ももっと王子殿下とお近づきになれないかしら？　そしていずれは……きゃーっ！」

何とも幸せな妄想に浸るモニカだが、強《あなが》ちその未来予想図も間違いとは言い切れない。

今でこそ〝王族派〟と〝貴族派〟で分かれて争っている間柄だが、そんなものは時勢によって如何ようにでも変わり得る。

ましてや、貴族派とて王家の断絶や乗っ取りまで企んでいるわけではないのだ。むしろ、ベルモント家と王家の間で婚姻を結ぶことで、改めて両者の繋がりを強め、穏便な形で地方分権を成し遂げる——という未来だって大いにあり得る。

つまり、他の夢見る令嬢達と違い、冗談抜きでモニカにはチャンスがあるのだ。

「皆様、大変お待たせ致しました。本日は我が娘の誕生を祝うパーティーにお越しいただき、誠にありがとうございます」

どうやって、王子と会話する機会を作ろうか——そんなことばかり考えていたモニカの耳に、拡声魔法によって大きく響く男性の声が届いた。ここグランベル家の当主、カルロット・グランベルである。

王子が到着したことで、ついにパーティーが始まるらしい。もう少しモタついてくれれば良かったのに、と、先ほどまでとは真逆の文句を心の中で付ける。

「あまり焦《じ》らすのもどうかと思いますので、早速ご紹介致しましょう。あちらにご注目ください」

観客よりも前に、まるで自分自身が待ちきれないと言わんばかりに、カルロットが指し示した扉が開かれる。

そこから現れたのは、ニール・グランベル。そして、彼にエスコートされるように歩いて来る、リリエ・グランベル伯爵夫人と——その腕に、大切そうに抱き上げられた幼い少女。ユミエ・グランベルだった。

「っ……！」

普通、こういった場面で貴族令嬢は、男性に手を引かれて登場するものだ。この場合、父か兄がその役割を担うことが多い。

そこでまさかの、母親の……それも、抱き上げられた状態での登場である。つまりはそれだけ、母娘の関係は良好であると見せつける狙いだろう。ユミエがカルロットの作った婚外子であると知る者ほど、その演出は衝撃的なものだった。

（普通、側室を認めるにしても多少は思うところがあるものでしょうに、正式な妻の子ですらない娘をそこまで……考えられませんわ）

考えられない、と頭の中で考えつつも、心の奥底でそれを納得してしまっている自分にモニカは気が付く。

それほどまでに、ユミエという少女が放つ存在感は凄《すさ》まじいものがあった。

さらりと伸びた、白銀の髪。まだ幼い体をふわふわとした純白のドレスが包み込んだその姿は、まるで職人の手で限界を超えて趣向を凝らした人形のよう。

まるで光そのものを纏っているかのように明るい出で立《いた》ちは、やや薄暗いと感じていた会場の中で、より一層輝いて見えた。

カルロットが待つ壇上に到着したところで、ニールに手を引かれたユミエが床の上に降り立つ。

ふわりと、全く重さを感じさせないその仕草は、天使の降臨を目の当たりにしたかのようだ。

「――皆様、ただいまご紹介に与《あずか》りました、ユミエ・グランベルです」

衝撃から立ち直る暇もないままに、ユミエの自己紹介が始まった。

未熟な魔法使いによくある、拡声魔法による音割れなど一切ない、可憐な声。

ただ聞いているだけで心安らぐそのソプラノボイスに、誰もが意識を奪われた。

「それでは、この歳になる今日この時まで、皆様に何のご挨拶も出来なかったお詫《わ》びというわけではございませんが……ここは、〝グランベル〟の名に相応しく、私の魔法のお披露目を以て、パーティー開会の宣言とさせていただきたく思います」

魔法のお披露目？　と、誰もが首を傾げる。

魔法を見せるとなれば、やはり攻撃魔法がもっとも一般的だ。とはいえ、こんな屋内でそれをいきなり放つなど出来るはずもない。

一体何をするつもりか、と誰もが固唾《かたず》を飲んで見守る中で、ユミエは淡い光を放つ魔力を纏わせた腕を、天井へと掲げ――パチン、と指を鳴らす。

「それでは皆様、本日はグランベル家のパーティーを、どうぞ心ゆくまでご堪能くださいませ」

その直後に起こった現象に、誰もが度肝を抜かれた。

「なっ……!?」

それまで火の灯《とも》っていなかったシャンデリアが、一斉に煌々《こうこう》とした光を灯す。

何も置かれていなかった真っ白なテーブルの上に、光と共に次々と豪華な料理が現れる。

壁一面に光が駆け抜け、薄暗く物足りないと思われていた会場が煌《きら》びやかに彩られていくその光景に、集まった貴族達は我を忘れて見入ってしまっていた。

(何ですの、これ……!? 転移魔法? いえ、そんなおとぎ話の中にしか存在しない魔法、あり得ない!! 幻影魔法で透過して、私達全員の目を欺いていた? でも、それじゃあこれだけの数の料理全てを、全方向から見て完全な透明状態に保たなければならない……それこそ、あり得ないですわ!!)

今出来たばかりと言わんばかりにほかほかと湯気を立てる料理を見ながら、モニカは混乱の渦に飲まれていた。

どんな魔法を使えば、こんなことが出来るのか。

いくつか手段は思い付くが、そのどれだったとしてもグランベルの、そしてユミエという少女の実力を認めざるを得ない。

(転移だったら伝説級の魔法の使い手ですし、幻影だとしても宮廷魔導師クラスの技量がな

ければ到底実行出来ないですわ……少なくとも、私には無理ですの……‼）

単純な魔力量の話であれば、理論上は可能だろう。だが、これほどの量の魔法を並列して発動するとなれば、それは魔力量とは全く別種の才能がいる。

思わぬ演出にうちひしがれるモニカの前で、更に予想外の事態が起こる。

開会の挨拶を終えた直後、シグート王子がユミエの下に歩み寄ったのだ。

「初めまして、お嬢さん。僕の名前はシグート・ディア・オルトリア。この国の王子だ」

「存じております。本日は私の招待に応じてくださり、ありがとうございます、殿下」

「いや、構わないさ。お陰で僕も良いものが見られたよ」

そう言って、シグートはユミエの手を取り――ちゅっ、と、そのまま甲に口付けした。

挨拶するだけに留まらないその行為に、会場の誰もが声を失う。

「次の機会があれば、今度は僕が君を王城に招待するよ。応じて貰えるかな？」

「はい、喜んで！」

笑顔で了承するユミエと、それを聞いて嬉しそうに笑うシグート。

客観的に見て、あまりにも絵になるその光景に、モニカはギリリと歯を食い縛った。

「ユミエ・グランベル……覚えておきなさいよ……っ‼」

「ふっ……完璧だな……！」

開会式（？）を終え、参加者の挨拶を受けるために特に何をすることなく佇《たたず》む僅かな時間。

俺は自らの企画した開会セレモニーに確かな手応えを感じていた。

お母様もその有用性を認めてくれた俺の演出魔法は、こういった場面で非常に便利な力だ。

ネタバラシしちゃえば、割と単純な手品みたいな魔法なんだけど……バレなければ超魔法だし、バレたとしてもそれはそれで話題になる。現に、会場は今、俺の見せた魔法の正体は何なのかと大盛り上がりだ。

お母様に抱っこして貰うことで、俺の作法の未熟さを誤魔化しつつ、親子仲の良さをアピールする作戦も上手く行ったし、後はトラブルなく閉会まで乗り切れば、パーティーは大成功と言っていいだろう。

ただ……。

「ユミエ、いくら王子が相手だからって、嫌なことは嫌だって言っていいんだからな？　何ならひっぱたいたって構わないぞ？」

お兄様……王子の目の前で、これ見よがしに俺の手をハンカチで念入りに拭き取るのはやめてほしい。手の甲にキスするくらい、貴族社会では普通でしょうに。

お父様とお母様は、それぞれ集まった貴族達への挨拶で忙しくしてるから、お兄様の暴挙を止めてくれる人もいないし……ほんと、どうしよう？

けど、俺が顔を引き攣《つ》らせているのとは対照的に、当の王子は可笑《おか》しそうに笑っていた。

「あははは！　いやぁ、本当に兄妹《きょうだい》仲が良くなったんだね。少し前まであんなに荒れていたのが嘘みたいだ」

「ちょっ、急に何言い出すんだ⁉」

シグート王子の発言に、お兄様がそれはもう大慌てで止めにかかる。

お兄様と王子は幼い頃からの付き合いで、会えない間もよく文通するという……一部界隈《かいわい》が熱狂的な歓声を上げそうな間柄なんだが、その手紙で俺についてどう書かれていたかは、お兄様の反応を見れば容易に想像がつく。

だからこそ、俺もまた釣られて笑ってしまった。

「ふふふ。はい、お兄様はとっても私に優しくしてくれますよ。私が辛《つら》い時、誰よりも早く気付いて声をかけてくださって……大好きです」

でも、そんなのは過去の話だ。過去にどう思われていたって、今お兄様が俺を大切に思ってくれているのが確かなら、そんなのはどうでもいい。

俺は気にしないよ、という意思を込めてにこりと笑い、お兄様の服の裾を摑む。

本当は思い切り抱きついて、好き好きアピールした方が喜ばれるとは思うんだけど、王子の前だしな。

「お、おう……ありがとな、ユミエ。俺も大好きだぞ」

「えへへへ……」

けど、お兄様としてはそれでも満足だったようで、少し照れ臭そうに顔を赤らめながらも、俺の頭を撫でてくれる。

その優しい手つきに、自分から撫でられに行くように甘えていると……そんな俺達に、シグート王子は微笑ましげな眼差しを送っていた。

「本当に、仲良し兄妹で羨《うらや》ましい限りだ。普段からこんな感じなのかな？」

「はい、私の魔法も、お兄様から教わったんですよ」

「へえ？　あの力任せな魔法しか使えないニールが教えて、あんなに繊細な制御を可能にする魔法使いが生まれるなんて……それこそ、どんな魔法を使ったのか不思議だよ。参考までに、その真髄を教えて貰ってもいいかな？」

「ちょっと待てシグート、それどういう意味だ」

気安い二人のやり取りに、俺は思わず噴き出してしまう。

俺達が仲良し兄妹なのは確かだけど、二人も十分仲良しだよ。

「いいですよ、王子殿下はお兄様のご友人ですから、特別に教えて差し上げます」

もったいぶった言い方してるけど、正直そこまで大したことはしてない。

たとえば、あえて会場を薄暗い状態にしておくことで、不自然にならないほんの僅かな光で俺自身を包んでおくと、自然と人目を引くことが出来たりだとか。

風の魔法でほんの少し体を軽くすることで、羽のように軽い仕草を実現し、流行りのドレスに比べてどうしても太く見えてしまう欠点を補ってみたりだとか。

そして——光を反射し、白い布のように見せる擬似的なカーテンを生成し、料理の上に被せることで、本来より一段高い位置に、何も置いていないテーブルがあるかのように見せ掛けた。

シャンデリアの火も、同じように蠟燭《ろうそく》にこの魔法を被せて覆い隠すことで、まるで会場が何のセッティングも終わっていないかのように偽って見せたのだ。

「演出魔法、《仮装付与《デコレーション》》。私のとっておきです」

この魔法なら、ただ光を少し遮るだけだから完全に透明化するより魔力も消費しないし、魔力制御も簡単だ。事前に準備だけ終わらせておけば、本番ではただ解除するだけで集まった人達をあっと驚かせることが出来る。

まさに、魔法を用いてまで仕掛けた、大掛かりな手品ってわけだ。

そうした話を一通り聞いて、王子は「へえ」と感心したように呟いた。

「弱い魔法を、使い方の工夫だけであそこまで高めたのか。すごいね、君。さすがは名門、グランベル家のお嬢さんだ」

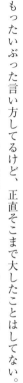

「えへへ、ありがとうございます」

お世辞の一環だろうって、頭では分かってても、やっぱり嬉しいものは嬉しい。

特に、さすがはグランベル家だってところ。

こうやって、家族以外の誰かに言って貰えると、客観的に見てもちゃんと俺が家族の一員になれてるんだなって実感出来るから。

「ドレスも、なかなか斬新で可愛らしいね。まさか、それも君がデザインしたとか？」

「あはは、それこそまさかですよ。グランベル領に拠点を構えるブティックのオーナー親子にデザインして貰いました。素敵でしょう？」

ドレスの裾をつまんで、はしたなくない程度にくるりと回ってみせる。

少しふわっと、ゆとりあるサイズでデザインして貰ったこれは、従来の流行りより多少太く見えるかもしれないが……元々肉付きが少ない子供体型の俺が着ると、健康的で明るいイメージが先行してより可愛らしく見える。

それでいて、コルセットのような無理やり締め付ける装具をしていない分、体の可動域が広くて滑《なめ》らかな所作で礼が取れ、まだまだ甘さが残る俺の作法でもかなり様になるという利点があった。

「ああ、とても可愛らしいね。いっそこのまま城へ連れ去ってしまいたいくらいだ」

「おいこらシグート、それ以上の話はまず俺を通してからにして貰おうか？」

「ははは、冗談だよ、冗談」

敬称も忘れてがっしりと肩を摑むお兄様に、王子は変わらず穏やかな笑みで返す。

あの、王子？　肩がミシミシ言っている気がするんですが、本当に大丈夫ですか？　お兄様も、社交辞令に何を本気になってるんですか、ちょっとは落ち着いてください。

「……皆様、楽しそうですわね」

そんな所へ、新しい人物が現れた。

鮮やかな赤髪を持つ、俺より少し歳上のご令嬢。

こういう場での挨拶は、身分の高い者から順に行うのがマナーになってるはずだから……外見的特徴と合わせて考えると……。

「モニカ・ベルモントです。ユミエさん、どうぞお見知りおきを」

「初めまして、モニカ様。本日は我が家のパーティーにご出席いただき、ありがとうございます」

そうそう、ベルモント公爵家。王家に次ぐ、この国の実質的なナンバーツーだ。

当主は多忙で来られなかったから、代理として娘が来たって話だったな、確か。

「先程の魔法によるパフォーマンス、実に素晴らしかったですわね。まるでサーカスのように賑やかで……ユミエ様なら、そちらの道でも食べていけそうですわね。羨ましい限りですわ」

「いえいえ、私の魔法などまだまだです。噂に聞くような、モニカ様が誇る絶大な威力の破壊魔法などとても出来ませんから。このような場では、モニカ様の魔法を見せていただくことも出来そうにないのが残念でなりません」

俺がやったような、ただただ煌びやかな一面を強調した魔法も良いけど、やっぱりド派手に爆発するような魔法もカッコ良くていいよな。

「っ……ふふ、なかなか言うじゃありませんの」

なんて考えてたら、なぜかモニカの目付きが剣呑《けんのん》になった。

えっ、なんで？

「魔法もそうですが、ユミエ様は服装のセンスも独特なのですね。グランベル領の町で流行っていたりするのでしょうか？」

「いえ、こちら二十年ほど前に流行っていたドレスを、現代風にアレンジしていただいた物になります。恐らく、モニカ様のお母様に聞けば昔を懐かしむのではないでしょうか？」

お母様も、これを見て懐かしいって言ってたし。マニラがこれをデザインしたのも、母親が昔デザインしたドレスを元にアイデアを膨らませたって聞いた。

モニカは知らなかったみたいだけど、公爵夫人ならきっと知っているだろう。

「……へえ、二十年前に。へえ」

あれ？　モニカの視線がどんどん険しくなっていくんですけど？　本当になんで？

「最新のデザインを追うばかりではなく、古きを尋ねるのも大事ですものね。それにしても、少し子供っぽ過ぎる気はしますが……でもまあ、あなたにはそれくらいがお似合いですわね」

「あ、分かりますか？　私としても、お母様が着るような最新のドレスは綺麗でとても素敵だと思うのですが、如何《いかん》せん子供が着るには最新のものは少し色っぽ過ぎる気がするのですよ。無理に背伸びをしている感じが出てしまうと言いますか……やはり、子供は子供にしかない、子供らしい魅力を引き立てるドレスがあるはずだと思いまして、このような形でお願いしました」

この子供体型で色っぽさを強調し過ぎても、アンバランスで浮いてしまうだけだからな。

そこに一目で気付くあたり、モニカもさすがは将来有望な公爵令嬢ということだろう。素晴らしい審美眼を持っている。

「っ……!!　もういいですわ、今日のところは帰らせていただきます!!」

「ほえ？　あ、えっと……お気をつけて……？」

急に叫んだかと思えば、モニカは早足で会場を後にしてしまった。

もう少し、ファッションについて語り合いたかったのに……体調でも悪いのだろうか？　心配だな。

「くっ、くくく……！」

そう思っていたら、すぐ近くでその会話を聞いていた王子が、腹を抱えて笑い始めた。

隣ではお兄様も、俺を見てびっくりしたみたいに目を丸くしてるし、どうしたんだ？

「いやぁ……やるね、ユミエ嬢。モニカ嬢があそこまでやり込められるところなんて初めて見たよ。俄然、君に興味が湧いてきたな」

「…………へ？」

本当に何を言われているのか理解出来ず、はてと首を傾げる。

そんな俺を、王子はひたすらニコニコと含みのある笑みで見つめ続けるのだった。


——面白い子だな。

あまり自分ばかりが長話をしていては何だからと、ユミエの下を離れた後。シグートはそう彼女を評した。

今まで見たこともない、魔法を使った派手な演出で自らの存在感を痛烈に叩き付けたこともそうだが、何より笑えるのは先ほどモニカと交わしていたやり取りだ。

一見すれば、ごく普通の会話に見えただろう。しかし、その裏に込められた意味を読み解けば、それらはまるで異なる形を示す。

——まるで芸人のような演出でしたね。そんなに派手なことが好きなら、貴族の社交場ではなくサーカスでやってなさい、この平民が。

——そうですね、この程度は平民出の私でも出来ますし、大したことはありません。もっとも、魔法で物を壊すしか能のないあなたには、こんなことも出来ないでしょうけど。

——魔法だけでなく、服装まで平民のようでみっともない。少しは貴族らしくしなさいよ。

——このドレスは、あなたのお母様も身に付けていた、由緒正しき貴族の装いですよ？　そんなことも知らないのですか？

——そんな古くさくて子供っぽい服装、とても着れたものじゃありませんから。まあ、あなたのような貧相な体つきの女にはお似合いでしょうけど。

——あなたみたいに、子供が無駄に背伸びして、ありもしない色気を振り撒《ま》こうとしている滑稽な姿を晒したくはありませんから。

二人の会話を貴族式に要約すると、このような形となる。

もしこれをユミエが聞けば、「そんなこと言ってねえよ!?」と、猫被りしている女口調すら投げ捨ててツッコミを入れるほどの盛大な誤訳なのだが、少なくともシグートとモニカはそう読み取っていた。

「わざわざここまで足を運んだ甲斐《かい》があったよ。これは、期待以上に楽しめそうだ」

シグートがわざわざ多忙を押してまでこのパーティーに出席した理由は、いくつかある。

一つは、王家の重鎮であるグランベル家の娘の誕生日を祝うパーティーともなれば、王族として無視するわけにもいかないという政治的なもの。

もう一つは、近頃活発な動きを見せる〝貴族派〟達の動向をこの目で確認するために、直近で予定されている規模の大きなパーティーに参加したかったから。

そして最後、もっとも大きな、それでいて個人的な理由が——ついこの間まで、家族内の不和に思い悩んでいた友人のニールが、突然手のひらを返すように溺愛し始めたという少女に、興味が湧いたからだ。

そんなシグートの目に、ユミエの存在は非常に好ましく映った。

平民上がりの貴族といえば、立場の弱さから卑屈になって周囲に媚《こ》びへつらうか、貴族という立場そのものに酔って下品で下劣な振る舞いをするようになるかのどちらかが多いのだが、ユミエはそのどちらにも当てはまらない。

自らに対する確固たる自信と、それに裏打ちされた堂々たる態度。

思わず目を奪われるほどに可憐な容姿と、上品な仕草の裏に見え隠れする、男勝りなまでに輝く力強い眼差し。

そのどれもが、シグートにとってはこれまでに経験のない新鮮な刺激であり、久しく忘れていた他者への関心を呼び起こすものだった。

「殿下、ここにおられましたか」

仕事がなければ、本当に今すぐにでもお茶に招待したいのに——そんな風に、考えていたからだろうか。楽しい時間は終わりだとばかりに現れたのは、ユミエの父、カルロットだ。

砕けた言葉遣いの裏で、真剣な眼差しをこちらに向ける彼の様子を見れば、仕事の話だと容易に察せられる。

はあ、と、シグートは疲れの滲《にじ》む溜め息を溢した。

「おや、珍しいですな。殿下がそのように人間らしい反応をするのは」

「グランベル伯爵、貴殿の中で、僕がどういう存在だと定義されているのか大変興味があるのだが？」

「おっと、これは失言でしたな。殿下の卓越した手腕を常日頃から目にしている者としては、ひょっとするとこの方は女神ディアナの御使いではないかと思うことがあるのですよ」

「……そういうことにしておこう」

やれやれと肩を竦《すく》めるシグートに、カルロットは軽く一礼して応えてみせる。

そんな気安いやり取りを挟みながら、カルロットはごく自然に切り出した。

「お詫びの印に、質の良い茶葉をご用意しておりますので、一杯いかがですかな？　会場のワインも上物ですが、殿下の御年ではあまり楽しめないでしょう」

「そうだな。若いうちからの飲酒は体に良くないと、母上もうるさいのでな、そうして貰えると助かる」

阿吽《あうん》の呼吸でそれに応じ、カルロットと二人で会場を離れる。

その後、シグートが通されたのは人払いの済んだ応接室だった。防音、盗聴防止などの魔法が張り巡らされた、秘密の会合には持ってこいの場所である。

そんなところで、のんびりとただお茶を楽しむ――はずもなく、早速とばかりにカルロットの方から口を開く。

「殿下、貴族派の動向ですが……今回集まった者達に探りを入れたのですが、まるで手応えがありません。躱《かわ》されたというより、本当に何も知らないという雰囲気を感じます」

「こちらも似たようなものだな。ベルモント家の当主に聞いてみたのだが、やはり派閥としての動きは何もないようだ。今回の件はあくまで、派閥の末端がそれぞれ勝手に手柄を立てようと動き出した、と見るのが妥当だろう」

「それは……厄介ですな」

シグートの出した結論に、カルロットは難しい表情で呻《うめ》く。

貴族派は、オルトリア王国を二分する一大派閥だ。とはいえ、その巨大さ故に一枚岩とも言い切れず、個々の貴族が好き勝手な行動を起こすことはさほどおかしくもない。派閥として纏まった動きでないのなら、対処も容易だろう。

しかし、纏まりを欠いているということは、その分一つ一つの動きに対して事前の備えを取りづらいということだ。

常に警戒心を高め、何が起きても対応出来るよう臨機応変に――といえば聞こえはいいが、要するに出たとこ勝負で尻尾を出した者から順に処理していくしかないということである。

終わりが見えない上に後手に回らざるを得ない状況となれば、実害が大きくないとしても疲労感がズシリとのし掛かってくるのは避けられない。

「そういえば、動きを見せている家の中には、伯爵の親戚もいたのだったな。そちらはどうだ？」

ふと思い出し、シグートがカルロットに尋ねる。

ほぼ絶縁状態になったとはいえ、身内の恥に違いないからだろう。カルロットは苦虫を噛み潰したような表情を浮かべた。

「強めに釘は刺しておいたので、しばらくは大人しくしていると思いたいですが……それが、何か？」

「いや……何でもない、貴殿と縁のあるところだからな、気になっただけだ」

いつになく歯切れの悪いシグートに、カルロットははてと疑問符を浮かべ……こんな時ばかり察しの良い頭が、一つの結論に辿《たど》り着く。

「殿下、もしや、ユミエに懸想でも？」

「そこまでじゃない、面白そうな子だと思っただけだ」

「なりませんぞ、殿下!!」

シグートがユミエに興味を抱いていると知って、カルロットが声を荒らげる。

伯爵家の娘とはいえ、元は婚外子、平民の血を引く者だ。

臣下として、王子の相手には相応しくないと釘を刺しに来たか――と身構えるのだが。

「ユミエに婚約など早すぎます!! 確かにあの子は天使のごとき可愛さですが、いくら殿下といえどそう易々《やすやす》と手に入れられるとは思わないことですぞ!!」

予想の斜め上の方向に飛ばされた苦言に、シグートはこめかみを指で押さえた。

「……伯爵、貴殿が娘を愛しているのはよく分かったが、それがあり得ないことくらい分かっているだろう?」

まさか、自分の方から道理を説かなければならなくなるとは思ってもみなかったシグートだが、カルロットにはまるで響かなかった。

むしろ、より一層の熱を込めて語り出す。

「いいえ、言わずとも分かっております。確かにユミエは、そうした立場や責務の壁を越えるほどに可愛らしい。ですが、ですが!! あの子はまだ我がグランベル家に受け入れられたばかり、心を癒やして成長していくにはまだまだ時間が必要で――」

そこから始まったのは、どこまでも終わりの見えない娘自慢だった。

やれ毎日執務室までお茶を運んでくれるだの、王都から戻ってみれば夜遅くまで帰りを待っていてくれただの、昨日は七回もお父様と呼び微笑んでくれただの……よくもまあそんなにネタが尽きないなというほど、長々と語り続けている。

そんな、もはや当初の目的もすっかり忘れ去ってしまったカルロットを見て、シグートは頬を引き攣らせた。

（これは……将来あの子が嫁に行くとなった時、本人も周囲も相当に苦労するだろうな……）

そもそも、貰い手が見付かるのだろうかと、シグートは他人事《ひとごと》ながら心配になってしまう。

その心配が、やがて他人事ではなくなってしまうことなど、この時のシグートには想像することさえ出来なかった。


「はー……疲れた……」

パーティーは、大盛況のうちに幕を閉じた。

俺の企画した演出と、マニラが考案したドレスデザインの話題性もあって、集まった貴族達はみんな最後まで楽しげに歓談を続けてたからな。

強いて問題をあげるとするなら、その影響で俺への挨拶がみんな延びに延び、結局俺自身は何も食べられないまま夜を迎えてしまったということか。

「お腹空《なかす》いたし、お風呂にも入りたい……」

当初の目的――俺の存在を社交の場で示し、グランベルとして相応しい娘だと大勢に認めて貰うという目論見は、多分果たせた。後はゆっくり休むだけだ。

幸い、後片付けの方はリサを含めたメイドのみんながやってくれるみたいだし、俺は部屋に戻るだけでいい。

ああでも、リサがいないから料理もお風呂も今は自分で準備しないと何もないのか——

「あっ……」

そうやってあれこれと考えながら廊下を歩いていると、不意にめまいに襲われた。

ぐらりと揺れる視界。抗うことも出来ず、吸い込まれるように体が地面に倒れていく。

危ない、と頭では思うも、手をつくことすら出来ずにそのまま床に顔面を打ち付ける——直前、俺の体を誰かが抱き留めた。

「ユミエ、大丈夫か⁉」

「お兄様……？」

ぼんやりと顔を上げた先に見えたのは、心配そうな表情でこちらを見つめるお兄様の姿だった。

「あはは、すみません、ちょっと転んじゃって……っ」

慌てて取り繕おうと体を離すも、力が入らなくてその場にへたり込んでしまう。

そんな俺を、お兄様はもう一度支えてくれた。

「全然大丈夫じゃないじゃないか。とにかく、部屋まで運ぶから、大人しくしてろ」

「……すみません」

フラフラと足元が覚束《おぼつか》ない俺を、お兄様がおんぶしてくれる。

前にもこんなことがあったな、と思いながら、俺はぎゅっと抱きついた。

「全く……ユミエ、お前ちゃんと寝てるのか？　俺は魔法くらいしか見てやれなかったから、そこのところ知らないんだけど」

「…………」

実のところ、ここ三ヶ月くらいはあまりしっかり寝ていない。

お兄様との魔法訓練、お母様との礼儀作法の授業、マニラともドレスや身に付けるアクセサリーについて話し合って……夜は夜で、少しでも貴族らしい教養を身に付けようと、リサに隠れて本を読んだりしていた。

黙り込む俺に、お兄様は呆《あき》れたように溜め息を溢す。

「無理し過ぎだよ、バカ。お前はまだ子供なんだぞ？　ちゃんと寝ないと大きくなれないぞ」

「……お兄様だって、まだ子供じゃないですか」

「おう、だから俺は、夜はちゃんと早めに寝てるぞ」

「…………」

ぐうの音も出ない良い子の発言に、俺は何も言い返せない。

勝ったな、とどこか得意げに笑いながら、お兄様は続けた。

「ユミエがすごく頑張り屋なのは知ってるけどさ。だからって、自分を蔑《ないがし》ろにするのはダメだぞ。お前が傷付いたら、父様も母様も、屋敷のみんなが悲しむからな」

もちろん俺もな、とお兄様は笑う。

その笑顔に、俺も同じように笑い返そうとして……上手く、行かなかった。

「……本当に、悲しんでくれますか？」

「ユミエ？」

「私が傷付いたら……お兄様や、他のみんなは……悲しんで、くれるでしょうか……」

俺の中に残る僅かな不安が、疲れのせいか口をついてポロポロと溢れ落ちる。

家族みんな仲直りして、屋敷の中はたくさんの笑顔でいっぱいだ。それは嬉しい。

だけど、やっぱり俺の心の中には今でも、自分が〝異物〟なんじゃないかって意識がずっとある。

俺は本当に、ここにいていいのか。他に生きる術《すべ》を見つけて、早く出ていった方がいいんじゃないのか。

俺が、今回のパーティーで必死に頑張っていたのは、そんな不安を解消したかったからなのかもしれない。終わって初めて、俺はそう自覚した。

「私……ちゃんとグランベルの……お兄様の家族に、なれてますか……？」

俺が本当に血の繋がった家族なら、こんな不安も抱かなかったのかもしれない。

あるいは、前世の記憶にちゃんと家族との思い出があれば、それと比較して判断することだって出来ただろう。

でも、俺にはそのどっちもない。家族の絆を証明してくれるものは、何もないんだ。

もし、ただ俺に可愛げがあるから、今可愛がられているだけなのだとしたら——いずれそれを失った時、俺はどうなってしまうんだろうか？

「…………」

そんな俺の気持ちの吐露に、お兄様は何も答えない。無言のまま、いつの間にか辿り着いた俺の部屋のベッドに、静かに俺を横たえて——そのまま、自分の体も滑り込ませてきた。

「えっ、お、お兄様？」

思わぬ展開に、俺はただ戸惑うことしか出来ない。

そんな俺の困惑に構わず、隣で横になったお兄様は、困ったように眉を落としている。

「ごめんな、ユミエ。本当なら、何か気の利いたことを言ってやらなきゃいけなかったんだろうけど……俺、そういうの苦手でさ。何を言っても、ユミエには届かない気がしたんだ」

「……お兄様は、悪くないですよ。これは、私の心の問題ですから」

頭では、ちゃんと分かってるんだ。お兄様も、お父様もお母様も……本心から、精一杯俺を愛してくれてるって。

でも、ダメなんだ。俺の心が、それをいつまで経《た》っても認めようとしない。そんなんじゃダメなのに。

「気にするなって。むしろさ、俺は嬉しかったんだ。ユミエが話してくれたこと」

「え……？」

俺の話のどこに、喜ぶような要素があるのか。そう疑問に思う俺を、お兄様は思い切り抱き締めた。

「不安な気持ちを、正直に話してくれただろ？　今までユミエって、いつも前向きなことばっかり言ってたからさ……すごいなとは思ったけど、少し心配でもあったんだよ。何か人に言えないようなこと、一人で抱え込んでないかって」

「………」

お兄様の言う通り、俺は色んなものを抱え込んでる。

今話した、家族への不安だってそう。前世のことだって……とてもじゃないけど、誰かに話せることじゃない。

変な子だって、嫌われたくないから。

「遠慮するなよ、ユミエ。明るい話ばっかりじゃなくていい、泣いても怒っても、我が儘《わま》言ったっていい。俺は、どんな気持ちだって受け止めてやるから」

そんな俺の弱さを肯定するように、お兄様の優しい手が俺を撫でる。

その心地よさに顔を上げれば、お兄様の真っ直ぐな瞳と目が合った。

「なんてったって、俺はユミエのお兄様だからな」

「っ……‼」

お兄様の気持ちが嬉しくて、俺はポロポロと涙を溢す。

そんな俺を受け入れるように、お兄様は一層強く抱き締めてくれた。

「……聞いて、くれますか？　お兄様……私の、こと」

「当たり前だろ」

そんなお兄様に、俺はポツポツと自分のことを話し始めた。

転生とか、前世とか、そういうややこしい言葉は使わない。俺自身、よく分かってないし。

だから、俺の原点を――物心ついた時から、ひとりぼっちだったこと。ふとした時に見掛ける幸せそうな家族に、ずっと憧れていた過去の情景を語って聞かせた。

「私、家族がどんなものなのか、本当はよく分からないんです。だから私……精一杯、良い子であろうって頑張ることしか出来なくて……」

「そっか……」

俺の話を黙って最後まで聞き届けたお兄様は、それだけ言って口を閉じる。

そりゃあ、こんな話聞かされても困るだろうって、俺も思う。だけど、こうしている間もずっと、お兄様は俺をポンポンって撫でてくれていて……正直、それだけでも満足だった。

「よしっ！　じゃあ、こうしよう、ユミエ」

「はい……？」

だから、お兄様が唐突に叫んだ時、予想外過ぎて俺は上手く反応出来なかった。

その後に続く言葉に、二つ返事で答えてしまうほどに。

「俺と一緒に、悪いことしよう！　明日……は、ユミエがちゃんと休まなきゃだから、決行は明後日《あさって》だ。父様と母様に、俺達二人で怒られようぜ！」

「はい……って、ええぇ!?」


お兄様の謎の発言から二日後。まだ屋敷のみんなが寝静まっているような、朝も早いその時間に、お兄様は本当に俺の部屋にやって来た。

それも、いつもの格好じゃない。平民みたいな、少し古くて野暮ったいシャツと短パン姿だ。そんな格好で、扉じゃなくて窓を開けて中に入ってくるもんだから、一瞬泥棒か何かだと思っちゃったよ。

「起きてるな、ユミエ。さあ、色々持ってきたから、早く準備しろよ」

「ほ、本当にやるんですか？　お兄様」

お兄様が肩にかけた鞄《かばん》から取り出したのは、自分が着ているのと同じような品質の服一式と靴、それから帽子だ。サイズは二回り小さくて、俺用のものなんだと一目で分かる。

「当然だろ？　大丈夫、いざとなったら俺が何とかするからさ」

「う、うーん……分かりました」

そう、お兄様が口にしていた〝悪いこと〟。それは、無断外出だった。

普通、貴族の外出となればそれだけで一つのイベントだ。領内の視察だったとしても、事前の布告から始まり護衛と従者を引き連れ、ぞろぞろと移動するのが常識である。

それを、お兄様は全てすっ飛ばし、平民のフリをして自分達だけで領内を巡ろうと考えているのだ。

なんでも、お兄様はこれまでも無断外出をやらかしている常習犯だそうで、平民に溶け込むなんてお手のものなんだとか。

それはそれでどうなの？　と思わなくもない。

「ええと、準備出来ました」

お兄様が用意した平民セットに身を包んだ俺は、脱いだネグリジェをベッドの上に綺麗に畳み、そこに置き手紙も添えて声をかける。

お兄様も、自分の部屋に直筆の置き手紙を残してきたそうで、これは無断外出する上で大事な作法らしい。

無断外出なのに、作法も何もないだろうと思ったのは内緒である。

「それじゃあ、リサに捕まらないうちに行くぞ、しっかり摑まってろよ」

「は、はい」

もはや何度目かも分からない、お兄様の背中。

そこで言われるがままにぎゅっとしがみつくと、お兄様は窓枠に足をかけた。

「それ‼」

「わひゃあ⁉」

一瞬で、すぐ目の前まで空が迫ってきた。

魔法の力で大きく跳び上がったお兄様の体は、屋敷の屋根の高さも超え、更に高みへと昇っていく。

「ほら、見てみろよ、ユミエ！」

「うぅ……？　わ、わあぁ……‼」

そんな俺の目に飛び込んできたのは、地平線から昇る真っ赤な太陽だった。

俺の記憶にある夕焼けとはまた違う、黄金色の空。眩《まぶ》しいくらいに強い光が、新しく訪れた一日を祝福してくれているようだ。

「まだまだこれからだぞ、ユミエ。舌嚙むなよ！」

「え？　きゃあぁ⁉」

我ながら女の子みたいな声を出しながら、重力に引かれて一気に地上へと落ちていく。

いくら魔法があっても、俺一人だったら絶対に助からない高さ。

みるみるうちに近付いてくる地上に恐怖していると、ギリギリのところでぐんぐん減速がかかっていく。

「よいしょっ!!」

「いやぁー!?」

地面を蹴り、再び跳び上がるお兄様。

屋敷の敷地内からは既に外れ、街道に出てもなお続くその曲芸染みた動きに、俺は精一杯抗議の声を上げた。

「お兄様、絶対にわざとですよね!? わざと私を怖がらせて楽しんでますよね!?」

「あははは！ 何のことだ～？ 俺にはよくわかんないなー」

「もう、お兄様のばかぁー!!」

俺の叫びを無視して、お兄様はジェットコースターさながらの軌道で道を進み続ける。

やがて、町が近付いて来たところで地面に降ろしてくれたけど、まだ内臓がふわふわしてるような感じがして落ち着かない。

「あはは、悪い悪い、叫んでるユミエも可愛くて、つい」

「もう、知りません！」

ふん、とそっぽを向く俺に、お兄様はひたすら手を合わせて平謝りを続ける。

……そんなお兄様を見てると、怒る気にもなれないんだから不思議なもんだ。

「それじゃあ、今日は最後まで、ちゃんと私のことエスコートしてくださいね。そうしたら許してあげます」

そう言って手を握ると、お兄様は嬉しそうに微笑みながら握り返してくる。

「ああ、任せとけ。ユミエに、グランベル領の見所をたっぷり教えてやるよ」


お兄様と一緒に訪れた、グランベル領の町。

主に、王国西側に位置するベゼルウス帝国へと備える〝騎士と傭兵《ようへい》の町〟として発展したこの町は、西に向かえば大きな砦《とりで》が、東に向かえば王都に続く大きな街道が延びるという特性もあって、前線への補給基地としての側面を持つ。

すなわち、元より大勢の余所者《よそもの》を受け入れることを前提とした宿屋や食事処《しょくじどころ》が乱立し、戦う人間向けの消耗品や武器防具を整えるお店が立ち並ぶ、大らかで賑やかな雰囲気の町である。

……と、知識の上では知っていたけど、実際に目の当たりにすると想像以上だ。

「コカトリスの肉をふんだんに使った焼き鳥だ！　朝限定の三百本！　早い者勝ちだよ――!!」

「遠くユーフェミアから取り寄せた、異国の調味料を使った秘伝のタレを贅沢《ぜいたく》にぶっかけて食う特製ステーキサンドだ!! 安くて美味《うま》くて何より食い応え抜群!! 食わなきゃ損だぜ——!?」

まだ朝も早い時間なのに、あっちもこっちも食べ物のお店が営業を始めて、凄《すさ》まじい声量で呼び込みを行っている。

その圧倒的な迫力と美味しそうな匂いに釣られ、ついつい目が吸い寄せられてしまう。

「武器や防具の店もあるといえばあるんだけど、その辺はこの先にある砦でも面倒見てくれるからか、この町はとにかく飯屋が多いんだ。有事の時に備えて常に大量の食料を確保してるせいもあるんだろうな。大食い自慢の男達が集まって、定期的に大食い大会なんかもやってるぞ。うちの騎士もよく参加してる」

「そうなんですか!?」

「ああ。ちなみに、ここだけの話……前に一度だけ、父様がお忍びでその大食い大会に出て、大会レコードを打ち立てたらしいぞ。今でもその記録は破られてないとかで、ちょっとした伝説になってる」

「へ～!」

お兄様から聞かされる思わぬ情報に、俺は瞳を輝かせる。

いいないいいなー、大会レコード、カッコいい。俺もそういうの欲しい。

「おっ、そこの仲良し兄妹もお一つどうだい？　買ってくれたらもう一つサービスしちゃうぜ？」

「おっ、いいね、じゃあ貰うよ」

「まいどー‼」

お兄様が買ってきたのは、近くで呼び込みをしていたステーキサンドだった。

白いパンに挟まれた大きなお肉に、これまた豪快にかけられたタレの香りが食欲をそそる、それはもうボリューミーな一品。

こんなに食べられるかな？　と不安に思っていると、どうやら屋台のおじさんが俺の体格に合わせて小さく切り分けたものをサービスしてくれたらしい。

木の器に載せられたそれを受け取った俺は、近くのベンチに腰掛けてガブッと一口。

「んぅ～、美味しい～！」

豪快な肉の塊が持つ暴力的な旨味《うまみ》と、パンにまで染み込んだタレが放つパンチの利いた味わい。その二つが合わさって、それはもう満足感のある一品に仕上がっている。

もちろん、グランベル家の屋敷で食べる料理と比べたら、質は落ちるだろう。けど、高級料理にはないこのジャンキーで大雑把な味わいが、普段とはまた違う喜びで全身を満たしてくれるのだ。

「ははは、ほらユミエ、口元にタレがついてるぞ。こっち向いて」

「んみゅう……どうせまたすぐについちゃいますし、後でいいですよ。お兄様のハンカチが汚れるばっかりです」

「そんなこと気にしなくていいよ」

お兄様に口元を拭いて貰いながら、もぐもぐと食べ進める。これ以上お兄様のハンカチを汚したくないので、リスみたいにチマチマと。

そんな俺を微笑ましそうに見つめながら、お兄様は俺の三倍くらいありそうなサンドイッチにかぶりつき……当然のように、口元が汚れる。

「えへへ、今度は私の番ですね。ほらお兄様、こっち向いてください。お兄様もやったんですから、私だけやらせてくれないのは無しですよ」

「あはは、そう言われたら断れないな」

お兄様の口元にハンカチを押し付けると、仕方ないなとでも言いたげな返事が返ってくる。

どことなく年長者の余裕が感じられるその態度に、むむぅ、と不満を表明していると、ポン、と頭を撫でられた。

「さて、あんまり目立ち過ぎるのは良くないし、そろそろ移動するか」

「はい……？」

どういうことだろう、と思って周囲を見渡すと、ついさっきまで賑やかな喧騒《けんそう》に包まれていた町が、俺達の周りだけシンと静まり返っている。

誰もが俺達を見て、どこか微笑ましげな眼差しを向けていて……。

「変装しても、ユミエの可愛さは誤魔化せないんだな」

そう言って笑うお兄様に、俺は急に気恥ずかしさを覚えて、帽子を深く被り直すのだった。


食べ終わったお皿を返し、再び町巡りを始める俺達。

目についた屋台でまた買い食いしたり、お兄様が言っていた大食い大会を見物したりもした。

……相撲取りみたいな巨漢も普通に参加してたんだけど、お父様、あれに勝ってるってこと？　どういう胃袋してるの？

「ユミエ、こっちこっち」

「わわっ、待ってくださいよ、お兄様！」

そうやって町の散策をした俺達が、程よく太陽が昇ってきたところで最後に訪れたのは、たくさんの服が並ぶブティックだった。

どちらかというと雑多でアウトローなイメージが強まっていたこの町には珍しい、小綺麗な高級店。というか、俺の誕生日パーティーの時にお世話になった、セナートブティックじゃん。

そこに足を踏み入れるや否や、店員さんがどこか呆れた眼差しでお兄様を見る。

「いらっしゃいま……ニール様ではございませんか。また無断外出ですか？」

「あはは、まあね。とはいえ、そろそろ時間も時間だし、ここで買い物したら帰るよ」

「……オーナーを呼んで参りますね」

とんでもないことをさらっと言ってくるお兄様に、店員さんはそれでも社会人としてのスマイルを維持して奥に案内する。

そこにやって来たのは、セナートブティックオーナーのセリアナさんと、娘のマニラだ。

「ユミエ様‼　よ、ようこそいらっしゃぃ……いらっ……～っ‼」

予想外のことで慌てたのか、マニラは盛大に舌を噛んでじたばたしている。

そんな娘に代わり、セリアナさんが前に出た。

「ニール様、ユミエ様、ようこそいらっしゃいました。本日はどのようなご用向きでしょう？」

「ユミエにプレゼントしたくてさ。俺とお揃いで身に付けられそうなアクセサリー、何か見繕って欲しいなって」

「かしこまりました」

「で、でしたら‼　ちょうどいいものがございます‼」

挨拶の失敗を挽回《ばんかい》しようとしたのか、マニラが勢いよく叫んでその場を飛び出し……セリアナさんが頭を抱えていることを知ってか知らずか、その勢いのまますぐに戻ってきた。

「それぞれサファイアとエメラルドをあしらった、シルバーチェーンのネックレスです！　お二人の瞳と同じ色ですので、ペアで身に付けるのであればとても絵になるかと！」

「わあ……」

鼻息荒くお勧めされたそれを、手に取ってみる。

マニラの言う通り、お兄様の瞳とそっくりなエメラルドの宝石が付いていて、このままずっと眺めていたくなるくらい綺麗だ。

「ユミエも気に入ったみたいだし、それにするよ。包んで貰える？」

「お買い上げ、ありがとうございます」

そんなやり取りの中で、セリアナさんが差し出したお値段を見て、俺は目玉が飛び出るかと思った。

いや、高っ⁉　比較対象がさっき食べた屋台の料理くらいしかないからあれだけど、ゼロが四つくらい増えてるぞ⁉

「お、お兄様、大丈夫なんですか？」

「俺のお小遣いの範囲内だから、気にするなよ」

わーお、さすが伯爵家の跡取り息子、お金持ちー。

「ユミエが喜んでくれれば、俺は満足だよ。気に入ってくれたか？」

「お兄様……はい、とっても嬉しいです！」

どこまでもイケメンなお兄様に、俺も精一杯のお礼の言葉でお返しする。

いや……さすがに、プレゼントのお返しに言葉だけじゃ足りないから、その場でぎゅっと抱きついた。

「大好きです！」

「ああ、俺もだよ、ユミエ」

そんな俺を、お兄様が優しく撫でてくれる。

笑顔で見つめ合う俺達を、マニラはどこか陶酔した眼差しで眺めていた。

「お母さん……映写の魔道具、持ってきたらダメ？」

「ダメに決まってるでしょう」

感極まってやっちゃったけど、そういえばまだお店の中だった。

慌てて離れた俺は、またしてもどことなく微笑ましげな眼差しを注がれながら帽子を被り直す。

「またのご来店、お待ちしております。……お忍び以外で」

「分かってるよ、ありがとう」

少しばかりチクリと釘を刺されながら、俺達は店を後にした。

楽しい時間は瞬く間に過ぎ、後は屋敷に戻るだけ。

そうなると、急に無断外出してきたんだという事実が不安になってくる。

「みんな、怒ってるでしょうか……」

「そりゃあ、怒ってるだろうな」

俺の独白に、お兄様はあっさりと言ってのける。

じとー、と俺が冷めた視線を送ると、心配するなとばかりに笑い飛ばした。

「大丈夫、謝ればみんな許してくれるって」

行きと違い、ゆっくりと二人並んで戻る帰り道。

やがて、屋敷の門が見えてくると……そこには、どこかホッとした様子のお母様と、仁王立ちで構えるお父様が待っていた。他にも、リサを始めとした数人のメイドや、捜索隊と思《おぼ》しき騎士の姿まで。

そんな一団を代表するように、お父様が一歩前に出る。

「さて……ニール、ユミエ、何か言い訳はあるか?」

「ない！　ごめんなさい！」

もはや開き直っているとしか言いようがないほどに堂々と、お兄様は胸を張ってそう答えた。

それを受けたお父様は、だろうなと言わんばかりに溜め息を溢し……ごちんと、頭の上に拳《げん》骨《こつ》を落とす。

「明日から、訓練は倍に増やす。覚悟しとけ、バカ息子」

「いてて……はーい」

やれやれと呆れるお父様に、お兄様は頭を押さえつつもどこか楽しげに返事をする。

一方の俺は、どう答えるべきか迷って、言葉を詰まらせてしまう。

「えっと……私は……」

「ユミエ。外は楽しかったか？」

「あ……はい……」

なかなか答えられない俺に、お父様の方から問い掛けてきた。

素直に頷くと、お父様はなおも真剣な眼差しで言葉を重ねる。

「そうか、それは良かった。だが、町は楽しいだけじゃなく、危険もたくさんある。誘拐、窃盗、他にも色々とな。だから、無断で外に出てはいけない。……それは分かるな？」

「はい……」

「なら、ユミエが今言うべきことも分かっているはずだ。ニールが手本を見せていたからな」

そうだろう？　と、お父様が優しく諭してくれる。

それを受けて、俺はようやくその言葉をスムーズに口に出せた。

「ごめんなさい、お父様。お母様も、リサも、皆さんも……心配をかけて、本当にごめんなさい！」

精一杯の謝罪の言葉と共に頭を下げると、そんな俺を、お父様はポンポンと優しく撫でてくれた。

「よく言えたな、偉いぞ」

「……なあ父様、俺とユミエで対応が全然違わない？」

「常習犯のお前と、初犯のユミエが同じはずないだろう。ユミエも、次にまた同じことをしたら拳骨だからな。分かったか？」

「はい！」

いい子だ、と、お父様が微笑む。

そうして話が一段落したところで、お母様が前に出て、俺とお兄様をいっぺんに抱き締めた。

「心配したのよ、もう。お出かけしたいなら、次からはちゃんと言いなさい。……ニールも、本当に反省するのよ？」

「分かってるって」

悪いことをしても、怒られても、それでも変わらず感じる両親の優しさ。

あんまり良くないことだって分かってるけど……それを実感したことで、俺の中にあった不安が、少し薄らいだのを感じた。

「さて、二人が無事に戻ってきたことだし、みんな解散だ。苦労をかけたな」

お父様が手を叩き、集まっていたみんなが三々五々散っていく。

その中で、俺は家族には聞こえないように、リサと並びながら呟いた。

「俺……この家の子供になれて、本当に良かったよ」

「そうですか、それは良かったです。……直接伝えたら、もっと喜ばれると思いますよ？」

「分かってる。だけど、まずはリサにだけ聞いて欲しい気分だったから」

「……そうですか」

嬉しそうなリサと手を繋いで、俺は自分の部屋に戻る。

反対側の腕に、今日一日の思い出が詰まった、エメラルドのネックレスの包みを抱えて。


「ふんふんふふ～ん、ららら～」

お兄様と町に繰り出した翌日。俺は朝早くから、鏡の前で鼻歌交じりに身嗜《みだしな》みを整えていた。

胸元に輝くエメラルドのネックレスを見て、無意識のうちに頬が緩む。

「えへ、えへへへへ」

お兄様とお揃い。お兄様の瞳と同じ色の宝石。お兄様からのプレゼント。

家族から貰った、生まれて初めての……俺のための贈り物。

本当に、めちゃくちゃ嬉しい。嬉しすぎて、このまま踊り出しそうなくらいだ。

「お兄様～、大好きです～」

ぎゅっと握ったネックレスを胸に抱いて、一人できゃいきゃいとはしゃぎ続ける。

そんな俺に、後ろから声がかけられた。

「お嬢様、非常に楽しそうなところ申し訳ありませんが、そろそろ朝食のお時間ですのでそれくらいに」

「わっひゃあ⁉　リ、リサ、いつからそこに⁉」

「最初からいましたが」

貰ったネックレスを身に付けた高揚感のせいで、周りが全く見えてなかったらしい。

我ながら、あまりにもデレデレになりながら奇妙な喜びのダンスを舞っていた自覚があるので、流石に恥ずかしい。

「とても可愛らしかったので、別に構わないとは思います。ただ、あそこまで強烈な大好きオーラを撒き散らしていると、もはや兄が恋人なんじゃないかと周囲に誤解されますので、お気を付けください」

「いやいや、それはないって」

自分では難しい髪の手入れをして貰いながら、俺は笑ってリサの言葉を否定する。

俺はお兄様のことがこの上ないほど大好きだけど、それはあくまで家族としてだ。別に恋してるわけではない。

そもそも、俺はまだ心は男のつもりだし。……最近少し怪しくなってきたけど。

「お嬢様ご自身がどう思われているかではなく、周囲にどう思われるかです。あまり男を寄せ付けない空気を出していると、婚期を逃しかねませんよ」

「婚期かぁ……」

よく考えてみたら、俺も貴族だし、いつかは結婚するんだよな。

男と結婚するのは複雑な気持ちだけど、家族のためなら気にならない。

「俺と結婚するとしたら、どんな人だろう？」

「お嬢様は、今や旦那様からも奥様からも非常に溺愛されておりますので、最低でもグランベル家と同格以上の家柄でしょうね。そうなると、国内にはほとんどおりませんが」

グランベル家は、伯爵位としては国内最高、ほぼ侯爵と同等の力を持つ。

そして、侯爵より上となると、候補が片手で足りるくらいしかないんだって。

「その上で、年頃の男性がいるとなると……王家のシグート殿下くらいでしょうか。お嬢様、パーティーでお会いになられたのですよね？　いかがでしたか？」

「うーん、カッコいい人だったよ。お兄様とはまた違う意味で、女の子にモテるだろうな～って感じ」

思い出すのは、初対面でごく自然に俺の手の甲にキスを落とした王子の姿。

俺でさえちょっとドキッとするくらい堂に入った仕草だったし、きっと他の令嬢達にもやってるんだろうけど……あれは絶対、結婚するってなったらたくさんの女の子を泣かせるタイプだな。間違いない。

「随分と他人事のような物言いですが、お嬢様のお気に召しませんでしたか？」

「そんなことはないよ。ただ……今はあまり結婚とか、先のことは考えられないだけ」

結婚は、いずれ必ず来る避けられないイベントだ。そうなったら、俺はこのグランベル家を出て、相手の家に移り住むことになるんだろう。

その時が来れば、俺はグランベル家のためにどんな相手にだって嫁ぐ覚悟はある。でも……今は正直、まだこの家を出ていく日のことなんて考えたくない。

「やっと、この家に家族として迎え入れられたんだから。しばらくは、この幸せに浸っていたいって思うんだ。……ダメかな？」

「……いいえ、ダメなどと、そんなことあるはずがございません。お嬢様は誰よりも、その幸せを享受する権利があります」

「えへへ、ありがとう、リサ」

そう言って貰えると、俺も気が楽になる。

「あ、そうだ。リサ、実は一つお願いがあるんだけど」

「はい、なんでしょう？」

「朝食の後、厨房《ちゅうぼう》を借りたいんだ。許可を取っておいて貰える？」

「構いませんが……何をなさるおつもりですか？」

「また悪さしようってわけじゃないよ？　昨日、みんなに迷惑かけちゃったし、お詫びの印に何かおやつでも用意出来たらなって」

お茶の技量ではリサに遠く及ばなかったけど、前世ではたくさん家事をこなしていたから、お菓子作りくらいは出来る。

幸いというか、ここグランベル領はたくさんの食材が集まる食の宝庫だ。それは昨日、お兄様と町を巡る中でよく分かった。

だから、前世のレシピだって簡単に再現出来るだろう。料理人の人達の手を煩わせなくても、ちょっとしたものなら作れるはずだ。

「かしこまりました。そのように伝えておきます」

「お願いね、リサ」


「よーし、やるぞー！」

朝食を食べ終えた俺は、早速リサと一緒に厨房へやって来た。

小さなエプロン……もとい、食事用の前掛けを身に付けて仁王立ちする姿はちょっとカッコ悪いけど、まあ細かいことはどうでもいい。

「それでお嬢様、何を作るのですか？　ご希望であれば指導すると、料理人達からも声がかかっておりますが」

「大丈夫、俺が迷惑をかけたお詫びなのに、その上みんなの手を借りたら意味ないでしょ？作るのは簡単なジャムクッキーだから、直接教わらなくても形になるよ」

それに、クッキーなら一度にたくさん作れるから、みんなに配り歩くには最適だ。

この世界にも普通にあるお菓子だから、みんなも受け入れやすいだろう。

「まあ、それでも一人で全部やるには厳しいから、リサの手は借りちゃってるわけだけどね……」

「構いませんよ。こうしてお嬢様のお力になれることが、私のメイドとしての喜びなのですから。さあ、始めましょう」

「リサ……ありがとう」

お礼を伝えながら、俺達は早速調理に取り掛かった。

まずは、ボウルにバターを投下して、念入りに混ぜる。そこから更に砂糖を入れて混ぜ混ぜし、卵黄、牛乳を加えてまたまた混ぜる。とにかく混ぜる。

たくさん作って配らなきゃならないから、この作業だけでも大変だろうと思ったんだけど……なんと、ハンドミキサーみたいな魔道具をリサが用意してくれたので、めちゃくちゃびっくりした。

シャワーもそうだけど、この世界って変なところで文明の利器が発達してるよね。

ともあれ、その魔法のハンドミキサーのお陰で、俺みたいな子供の力でも過不足なく十分に材料を混ぜられた。そこに、最後は薄力粉を振るいまたしても混ぜ、いい加減混ぜ過ぎて疲れてきたところで生地は完成。

ケーキを作るとき、クリームを飾り付けるのに使う絞り袋。それに出来上がった生地を入れ、くるっと円状に絞り出して形を整えていく。

「えーっと、お父様とお母様とお兄様と、それから使用人の皆さんと騎士の皆さんと……」

絞りながらも、俺は頭の中で必要なクッキーの数を計算する。

家族の分はもちろん、使用人や騎士の分まで用意しようとすると、それはもう途方もない数だ。一人一つなんて寂しいことを言うつもりはないから、余計に。

俺が言い出したこととはいえ、なかなかの重労働である。普段からこんなにたくさんの料理を作ってくれてる料理人のみんなには、頭が上がらないね。

「リサ、疲れたら休憩するから言ってね」

「間違いなくお嬢様の方が先に限界が来ますので、お気になさらず」

「……確かに」

いくらお兄様と日々訓練しているとはいえ、所詮は子供である。日夜こういった作業をするリサとは慣れの差もあるし、俺の方が早くダウンしそうだ。

まあ、それならそれで遠慮なく集中出来るから、良しとしようか。

「よいしょっと……後はこれにジャムを載せて、もう一度焼いたら完成だよ」

たくさんクッキーを作ると言っても、一度にオーブンで焼ける数には限りがある。ある程度の数を作り、生地の形を整えたら、オーブンに入れて一度熱を通す。

取り出したクッキーの真ん中、小さな窪《くぼ》みにジャムを垂らし、もう一度軽く焼いたら、俺のお手製ジャムクッキーの完成だ。

「まだまだ作らなきゃダメだけど、ひとまず第一弾は完成！」

「おめでとうございます、お嬢様。ということで、一度休憩なさいますか？」

「そうだね。じゃあ、はい、リサ」

「え？」

リサの提案に頷いたところで、俺は出来上がったジャムクッキーを一つ、リサに差し出す。

全く予想していなかったのか、ポカンとした表情で固まってしまったリサに苦笑しながら、俺はもう一度言葉を重ねる。

「前にも言ったでしょ？　今の俺があるのは、リサのお陰だって。お礼は言ったけど、こういうのは形で示すのも大事だからさ。だから……出来たクッキーは、誰よりもまず、リサに食べて貰いたかったんだ」

「お嬢様……」

リサが俺の手からクッキーを受け取り、口に運ぶ。

サクリと音を立てて齧《かじ》るその姿に、俺はにこりと微笑みかけた。

「どうかな？　美味しい？」

「……はい、本当に……とても、美味しいです」

「そっか、なら良かった」

これで、お茶の時みたいに微妙だって言われたらどうしようかと思ったよ。

ホッと胸を撫で下ろしていると、そんな俺をリサがそっと抱き締める。

「リサ？」

「いえ……私は、世界一幸せ者なメイドだと思っただけです。主人からこれほどまでに想っていただけるメイドは、世界広しといえど私だけでしょう」

「あはは、大袈裟《おおげさ》だなぁ」

でも、と、俺はリサを抱き返す。

首に手を回して、しがみつくみたいな格好になりながら、目一杯の感謝を込めて。

「それを言うなら、俺もリサみたいなメイドに仕えて貰えて、世界一幸せだよ。ありがとう、リサ。大好きだよ」

前にも伝えた俺の気持ちを、もう一度伝える。

こういう言葉は、何度伝えたって伝えすぎなんてことはない。どんな言葉も、俺の気持ちの全部を表現することなんて不可能だから。

何度も伝えて、しつこいくらいに繰り返して、行動で示して。そうやって、少しずつ伝えていくものだ。

「……私もですよ、お嬢様。心から、お慕いしております」

リサの声に、少しばかりの嗚咽《おえつ》が混ざるのを気付かないフリしながら。

俺はしばらく、そのままリサと抱き合い続けるのだった。


「皆さん、クッキーを作ったんです！　昨日のお詫びということで……受け取って貰えませんか？」

屋敷中を駆け回り、元気いっぱいにクッキーを配る幼い令嬢……ユミエ・グランベル様。

そんなお嬢様に付き従いながら、私はすっかり変わった屋敷の雰囲気を、感慨深い気持ちで眺めていました。

本当に……ほんの少し前まで、旦那様と奥様の不仲で暗く沈んでいた空気が、嘘のように明るくなっています。

二度と戻ることはないと思われていた、優しく温かなグランベル家。

いいえ……以前よりも、より一層明るく華やかになったとさえ思えるその雰囲気の中心に、ユミエお嬢様はいます。

「リサ、次は裏庭に行くよ！　お兄様と騎士のみんなが訓練してるんだって！」

「ええ、参りましょう」

お嬢様に導かれ、私は歩き出します。

そうして付き従う中で思い出すのは、三年前、初めてお嬢様とお会いした時のことでした。

荒くれ者が多いとはいえ、グランベル家の優れた統治もあり、他の領地と比べても民の生活水準が高いと評判のこの地で、あれほど悲惨な姿の子供などまだいたのかと、酷く驚いたことを覚えています。

まるで何年も泥の中で生活していたかのように、薄汚れた肌と衣服。

明らかに栄養が足りていないと分かるガリガリの体に、パサついた髪。

ぎょろぎょろとした目はエサを追い求める野良犬のようで、本当にこんな子供に自分が仕えなければならないのかと、我が身の不幸を呪いました。

そう思ったのは、私だけではありません。奥様が激怒し、屋敷の雰囲気が悪化していくのに合わせ、使用人達の間でもお嬢様に対する評判は悪くなっていくのは必然だったのです。

——あの野良犬が旦那様の子だなんて、とても信じられないわ。騙《だま》されているんじゃないかしら？

——今にも死にそうに見えるし、放っておいたら本当に消えてくれないかしら。

——しっ。冗談でもそういうことは口にしちゃダメよ。

当時の私は、それを不敬だとさえ思いませんでした。当たり前の感情だと、私自身そう思うと、同意さえして。

それでも、任されたからには職務を全うしなければならない。本音を押し殺し、お嬢様の身の回りのお世話をする中で……屋敷に来て以来、ずっと無言だったお嬢様が初めて口にした言葉は、「ごめんなさい」、でした。

迷惑かけてごめんなさい。力になれなくてごめんなさい。守ってあげられなくてごめんなさい。——生まれてきて、ごめんなさい。

まるで呪詛《じゅそ》のように、何度も何度も謝罪するその言葉は、恐らく既に亡くなられたお嬢様の母君に向けたものだったのでしょう。

家を追い出されたメイドが子供を身籠り、人目を避けて生きるのは非常に難しく、辛いものだったことは想像に難くありません。

それが、他ならぬ自分の存在によってもたらされた不幸なのだと、幼いながらにお嬢様は理解しておられた様子でした。

——こんなことは間違っている。その時初めて、私は強くそう思いました。

この御方が、一体何をしたというのですか。

どんな事情があったのか、私如《ごと》き一介のメイドには分かりません。ですが、それは全て、大人の事情でしょう？　生まれてきたこの子には、何の罪もないはずです。

それなのに、誰もがお嬢様を責めることに疑問を持っていない。この子がいなければと、当たり前のように考えて、それをお嬢様は真に受けてしまっている。自分さえいなければ、全て丸く収まるのにと。

ふざけるなと、そう思いました。

絶対に認めない。背負う必要のない重みまで背負い込み、幸せの一つも知らずにこの御方が擦り切れて壊れてしまうなんて、そんな悲しい結末は受け入れられない。

だから私は、奥様の意向に逆らってでも、お嬢様を守ると誓いました。

同僚達には、止められました。下手をすると、あなたまで屋敷を追い出されることになると。

それでも構わない。もし本当に、この家がお嬢様の存在を否定するのなら、私の方から出て行ってやる。そんな覚悟で、お嬢様に仕え続けました。

三年間。まるで幽霊のように、自責の念と深い悲しみ以外の感情を見せることなく過ごすお嬢様は、本当に痛々しかった。もしかしたら、もうとっくに心が壊れてしまっているのではないかと、何度も諦めかけました。

ですが——高熱に浮かされて、本当に生死の境を彷徨《さまよ》った後。目を覚ましたお嬢様は、まるで別人のように明るく、行動的になられました。

その変貌ぶりに、戸惑わなかったといえば嘘になります。全くの別人が憑依《ひょうい》したのではないかと疑うほど、あまりにも劇的な変化でしたから。しかし、その戸惑いも、すぐに晴れました。

――ちゃんと家族として認められたい。

自分が受けた不当な扱いも、理不尽な怒りや憎しみも、何一つ相手に返すことなく飲み込んで。自分自身を変えることで立ち上がろうとするその姿は、あの日悲しみに沈む中で見せてくださった、誰よりも優しく気高い心根と、何一つ変わらないと感じましたから。

それ以来、家族のためにと奮闘するお嬢様の姿は、後ろから見ていても本当に健気《けなげ》で、可愛らしかった。なかなかそれを理解しようとしないグランベル家の皆様を、焦れったく感じるほどに。

この三年間、全くお嬢様を顧みることのなかった皆様に、お嬢様はこれほど一生懸命歩み寄られているのに、どうしてそれを分かろうとしないのか。どんな事情があるかは知りませんが、それは今ここで懸命に生きようとしているお嬢様を差し置いてでも、優先しなければならないことなのかと。

もっとも……そんな焦れったい毎日も、長くは続きませんでした。

一ヶ月。時間にすれば、ほんの一ヶ月程度です。三年間、誰一人として改善出来なかったグランベル家の陰鬱とした空気を、お嬢様はたったそれだけの期間で変えてみせたのです。

そして……それから更に三ヶ月が経った今、もはや誰一人、お嬢様の存在を疎んじる者などおりません。

「お兄様ー‼ 騎士のみなさんも、ごきげんよう――‼」

ぶんぶんと手を振りながら、お嬢様が駆けていく。

そんなお嬢様を出迎えるのは、たくさんの笑顔です。

坊っちゃんも、周囲にいる騎士達も、もはや誰一人としてお嬢様の存在を蔑ろにすることなく受け入れている。

お嬢様の手作りクッキーを渡されて、感動のあまり咽《むせ》び泣く者さえ少なくありません。もちろんその筆頭は、ニール坊っちゃんですが。

この素晴らしい光景を作り上げたのが、僅か十一歳の女の子だというのですから、今でも信じられない思いです。

「リサー‼」

少し離れた場所でそれを見ていた私の下へ、お嬢様が駆け寄って来ます。

声を潜め、内緒話をするように口を開くその姿は、本当に心が洗われるほどに可愛らしい。

「あのさ……お兄様達が思ったよりもたくさん食べるせいで、クッキーがもうないんだ。俺、もう一度追加で焼こうかと思ってるんだけど……ダメかな？」

そんなお嬢様の口から飛び出す、あまり可愛らしくない男口調。

それを聞いて、私は「仕方ないですね」と笑いました。

「もう一度、許可を取って参ります。お嬢様は、もうしばらく坊っちゃん達のお相手をなさっていてください」

「はーい。お願いね」

そういった言葉遣いは可愛くないと、以前お嬢様に注意しましたが……今は、これでいいかと思っております。

私以外の誰にも、坊っちゃんにすら見せない素の態度。それを、私にだけは見せてくださっている。

それがまるで、私のことを誰よりも一番信頼なさってくれているかのようだ、なんて……優越感を覚えてしまうのは、不敬が過ぎるでしょうか？

「……さて、行きましょうか。お嬢様のお願いは、何を差し置いても叶えて差し上げなければ」

もう少しだけ、この気持ちを胸に秘めたまま過ごしたいと、そう思ってしまう。

誰も知らない、私だけのお嬢様。可愛らしくない振る舞いのはずなのに、誰よりも可憐に輝いて見えるその姿を、今しばらく独占していたいと。

# 第三章

# 忍び寄る悪意

Episode.
03

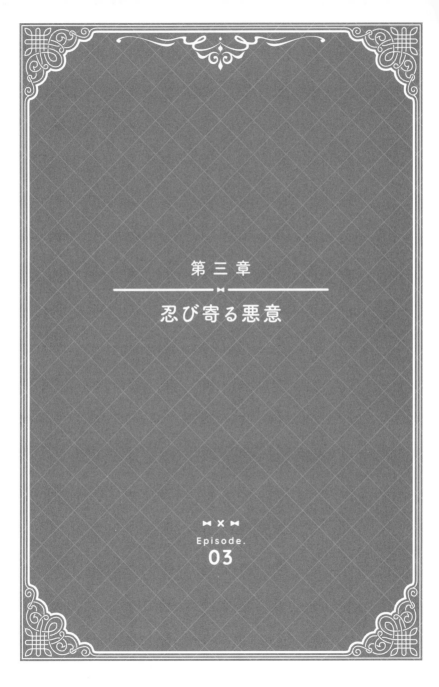

誕生日パーティーと、その後にお兄様と行った無断外出。二つのイベントを経た俺は、それまでよりも一層素直に家族と接することが出来るようになり、この上ないくらい幸せな日々を送っていた。

けれど、それは決して悠々自適なものとは言いがたい。何せ、貴族令嬢として華々しくデビューを飾った俺の下には、社交という名のお仕事がたくさん舞い込んできたからだ。

もちろん、俺の体は一つしかないから、全部を受けるなんて物理的に無理がある。いくら馬車の移動速度が前世の自動車並みに発展した魔法の世界でも、分身の術は存在しないのだ。となれば必然、優先的に招待を受ける相手は、俺達グランベル家よりも格上の相手となるわけで。

俺は今、王家の――シグート王子の招待を受けて、王都へとやって来た。

「うわー、ここが王城ですか……すごい」

雑多な雰囲気のあるグランベル領の町とは違う、整然とした町並み。そんな王都の中心にあるのが、天に向かって聳《そび》え立つ白亜の城だ。

遠くからでもその威容は目についたけど、間近で見ると更にすごい。圧倒され過ぎて、その場に尻餅《しりもち》をついてしまいそうだ。

「ユミエ、そんなに上ばかり向いていると転んでしまうぞ」

「あ、はい！　すみません」

そんな俺の付き添いでやって来たのは、普段から王都に通い慣れているお父様だ。

招待状には子供達だけの気楽なお茶会、ってあったんだけど、さすがに初めての遠出を俺一人で行かせるわけにはいかなかったんだろう。

リサみたいな使用人とか、護衛の騎士だって何人もいるんだし、気にしなくていいと思うんだけどね。

ああ、そうそう、付き添いといえばもう一人。どうしてもついて行くって言い出して聞かなかったのが……。

「気を付けろよ。あのシグートのことだ、どこにどんなあくどい罠《わな》を仕掛けてるか、分かったもんじゃないぞ！」

なぜか、異常なまでに王子を警戒しているお兄様だ。

そのあまりにも突飛な言い分に、俺は頭を抱える。

「お兄様……いくらなんでも、罠なんてあるわけないじゃないですか。王子に失礼ですよ？」

「いいや、あいつならやりかねない！　きっとどさくさに紛《まぎ》れてユミエと二人っきりになって、油断したところを婚約の言質とか取りにくるに違いない!!」

「あはは……」

俺、あくまで立場は婚外子《こんがいし》なんだからさ、流石《さすが》に王族の婚約者にはなれないって。

そう思うのだが、なぜかこれに関してはお父様までお兄様に追従してしまっている。

「あの腹黒王子、どうもユミエに気があるようだからな。子供達だけの茶会などと言い出したのも、俺の目が届かん場所でユミエを籠絡しようと考えた可能性がある。いいかニール、絶対にユミエを守るんだぞ‼」

「任せろ、父様‼」

「お願いですから任されないでください」

ついこの前、俺に〝ごめんなさい〟を教えてくれた、優しくて頼りがいのある二人はどこへ行ってしまったのか。

兄バカと親バカを全開にする二人に呆《あき》れながら、城の中へと入っていくと、真っ先にシグート王子が出迎えてくれた。

以前、俺の誕生日パーティーに来てくれた時とはまた違う、豪華でありながら品の良い紳士服に身を包んだ彼は、真っ先に俺のところに歩み寄って来る。

「ようこそ、レディ。待っていたよ」

俺の手を取り、自然な所作で甲に口付けを落とす。

あまりにも滑《なめ》らかなその動きに、手慣れてるなー、と呑気《のんき》な感想を抱いていると、俺の両側からの圧力が一層強まった。

「これは殿下、ご健勝なようで何よりです。以前にも増して随分と女性の扱いに手慣れているようで、感服しましたぞ」

「こう見えて、王族一の紳士を自認しているのでね。ユミエ嬢のために学んできたのさ」

会話の内容は穏やかなのに、漂う空気は一触即発。というか、お父様が一方的にガンを飛ばしているのを、王子が飄々《ひょうひょう》と受け流しているような感じ。

お父様、大人げないのでやめてください。

「シグートぉ‼　お前またユミエの手にキスなんてしやがってぇ‼」

「麗しきレディに好意を示すのは、紳士としての礼儀だろう？　何もおかしなことはしていないよ」

「うるせえ‼　ユミエに近付く男は俺が許さん‼　表に出ろシグートぉ‼」

「もう、お兄様‼　ここは家の中じゃないんですから、少しは落ち着いてください！」

お父様はあくまでも表面だけは取り繕ってたのに、お兄様はもう本音ド直球だ。全然隠してない。

あーほら、王子の付き人っぽい人がなんかもうめちゃくちゃ睨《にら》んできてるって！　いくら友人同士で非公式な場だからって、さすがに失礼過ぎだって！

「あはははは、相変わらず、仲が良さそうで何よりだ。家族仲が良好なのはいいことだからね。そうだろう？　伯爵」

「仰《おっしゃ》る通りです」

さっきまではどこか、お父様達をからかうような意図が見え隠れしていた王子だけど、その言葉だけは本心からそう言っているような気がした。

だからか、お父様とお兄様も幾分か落ち着いた様子で頷《うなず》いてる。

……両側からがっちりと俺を守る体勢なのは変わらないけど。

「さて、こんなところで立ち話もなんだし、行こうか、ユミエ嬢。伯爵はどうする？　父の……陛下の見舞いにでも行くか？」

「お邪魔でなければ、そうしたいと」

「分かった。ナイトハルト、殿下、案内して差し上げろ」

「……かしこまりました。殿下、くれぐれも節度を保って、お願いしますよ」

「分かっている」

お父様達を睨んでいた付き人――ナイトハルトさんが、今度は俺をジロリと睨む。

服装を見るに、単なる使用人じゃなくてかなり位の高い貴族だと思うけど、ちょっと怖いな。

「すまない、忠臣ではあるんだが、少々度が過ぎるところがあってね。許して欲しい」

そんなナイトハルトさんが、お父様を連れて歩き去った後。王子が申し訳なさそうに謝罪してきた。

それを聞いて、俺は首を振って気にしてないと答える。

「お父様とお兄様が先に失礼をしましたので、謝ることはありませんよ」

何なら、差し引きでまだこっちの方がずっと悪いくらいだ。二人には反省して欲しい。

「俺は気に入らないけどな、あいつ。忠臣っていうけど、本当か？」

「お兄様～？」

「あいでででごめん、ごめんってユミエ！」

なおも失礼なことを口走るお兄様の足をぐりぐりと踏んづけて、軽くお仕置きをする。

怒る俺に、まさかのシグートから制止がかかった。

「まあまあ、僕は気にしないよ。ただ、一つ彼のために弁明させて貰《もら》うなら、忠臣っていうのは必ずしも僕の意に沿って動くものじゃないってことかな。……それも、程度によるけど」

「え？」

「なんでもない。さあ、こっちだ」

少しばかり疑問を残しながらも、俺達はシグートの案内で城の中庭に案内された。

グランベル家の庭より、更に大規模で綺麗《きれい》な庭。そこに用意されたテーブルと椅子に着いた俺達は、早速会話に花を咲かせ始めた。

「さて、今更だけど……なんでニールがここにいるんだい？　僕はユミエ嬢しか招待してないんだけど」

「ユミエをお前と二人っきりになんてさせられないからな、当たり前だろ」

「それは残念。まあ、ニールと僕の仲だ、別に構わないけどね」

「ふふふ、お二人は本当に仲が良いんですね」

「もちろん、ニールとはこれ以上ないほど親しい間柄だとも」

「違う、腐れ縁だ」

なんでも、二人は小さい頃から家同士の付き合いで何度も顔を合わせていて、よく剣や魔法の腕を競い合う間柄だったらしい。

「へ～、どちらが強いんですか？」

「今のところ、直接手合わせした時の力量では僕だね。剣も魔法も、まだニールには負けないよ」

「ぐぬっ……すぐに追い抜いてやるから覚えてろよ！」

「それはまだ三年は早い。今はじっくり基礎を磨くといいよ」

「ぐぬぬぬ……!!」

父様みたいなこと言いやがって、とお兄様はボヤく。

納得いかないみたいだけど、王子はお兄様より二つ歳上だったはず。それなのに、たった三年で追い抜かれるって考えてるなら、かなり高く評価してくれてるんじゃないかな？

「でも僕としては、剣や魔法より、君とニールがどうやって仲良くなれたのか知りたいな」

「えっ、私達ですか？　そうですね……」

王子からの要望に驚きながらも、俺はここ数ヶ月の間にあったことを語って聞かせる。

最初は、何を聞き出そうとしてるんだって王子に噛《か》み付いていたお兄様だったけど……俺の口から、少し前までのお兄様の態度を聞かされるや否や、頭を抱えて悶《もだ》え始めた。

「それで、お兄様は私に、『お前にお兄様なんて言われる筋合いはない』って言ったんですよ？」

「あ～、それは酷《ひど》い話だねぇ」

「本当ですよ」

「も、もうやめて……謝るから許して……」

もはや完全にガチ泣きしながら、お兄様が屍《しかばね》のようにテーブルに突っ伏す。

そんなお兄様の様子に噴き出しながら、俺は「でも」と続ける。

「私が辛《つら》い時、誰よりも早く駆け付けてくれたのもお兄様です」

俺が走り過ぎて動けなくなった時も。出生の秘密を知って泣いていた時も。そして、パーティーで頑張り過ぎたせいで、少し弱気な心が表に出てきた時も。いつもお兄様が支えてくれた。

「このネックレスも、お兄様がプレゼントしてくれたんですよ。家族の証《あかし》みたいで、とっても嬉《うれ》しかった」

胸元に輝くエメラルドの輝きを握り締め、俺は微笑《ほほえ》む。

「だから私は、お兄様が大好きですよ」

「ユミエぇ……‼」

瀕死《ひんし》だったところから一転、歓喜の声を上げながら俺に抱きついてくる。

そんなお兄様をよしよしと宥《なだ》めていると、王子はなるほどと頷いた。

「本当に、良い兄妹《きょうだい》だね。それに……益々《ますます》欲しくなってきたな、君のこと」

「ほえ？」

王子の指先が俺の口元に伸びたかと思えば、そのままくいっと顎を持ち上げる。

端整な顔立ちが間近に迫ったかと思えば――そのまま、とんでもない爆弾発言を落とす。

「ユミエ・グランベル……僕の婚約者になる気はある？」

「はあぁぁぁぁ!?」

俺が驚くよりも先に、お兄様が大絶叫を上げて。

当事者であるはずの俺は、ただただ呆然《ぼうぜん》と戸惑うのだった。


ユミエ達が帰った後、シグートは上機嫌で城内を歩いていた。

やはり面白い、と、先の個人的な茶会におけるやり取りを思い返しながら、彼はユミエのことをそう評する。

婚約者にならないかという誘いは、冗談だと受け取られた。

それ自体はどちらの答えでも良かったのだが、シグートが特に気に入ったのは、その発言を受けて返ってきたニールの反応だ。

彼とは長い付き合いだが、あそこまで感情を剝《む》き出しにして騒ぐ姿は初めて見た。

よほど大事な妹なのだろうと、聞くまでもなく分かる。何せ、一国の王子にすら渡したくないと、面と向かって発言するほどなのだから。

「そういえば、伯爵もかなり刺々《とげとげ》しい反応をしていたな。彼は元から子煩悩なところがあったからさほど驚きはないが……それでも、この王城の中でさえあれだったのだから、やはり面白いな」

人に好かれやすい、というのは、目立たないが立派な才能だ。

特にユミエの場合、自身に対して嫌悪や憎しみさえ抱いていたであろうグランベル家の面々を、僅か数ヶ月で籠絡し、溺愛させている。あの依存ぶりを意図して引き出したのだとすれば、下手な催眠魔法よりよほど強固で厄介な力だろう。

「僕も、あれくらい人たらしの素質があれば、もっと楽にこの国を治められたかもしれないな……」

祖国の現状を思い、溜《た》め息《いき》を溢《こぼ》すシグート。

国王である父は頼りにならず、国は二つの派閥に分かれ、水面下で火種が燻《くすぶ》っている。

この状況で国を纏《まと》め、未来への指針を示すには、ユミエのような才能が必要だった。

「ふっ……これじゃあただの嫉妬だな、僕らしくもない」

頭を振って、不毛な考えを追い出す。

そんなシグートに、荒々しい足音を立てて近付いてくる人物がいた。

アルウェ・ナイトハルト。ここオルトリア王国で外交官を務める、ナイトハルト侯爵家の当主である。

「殿下、至急お話ししたいことがございます」

「なんだ、ベゼルウス帝国に動きでもあったか？」

「いいえ、殿下のことです。あのグランベルの娘に婚約の打診をするなど、正気ですか⁉」

「――今のは聞かなかったことにする。今すぐ立ち去れ」

アルウェが口にした話の内容を耳にした途端、シグートの雰囲気が一変する。

内容に苦言を呈されたことが気に障ったわけではない。そもそも、話の内容を知っていることが問題なのだ。

あの場は、シグートが周囲から人払いをさせ、護衛の者も会話が聞こえないほどには離れた位置から見張らせていた。つまり、アルウェが婚約についての話を知ろうとすれば、本人達から聞き出すか――盗聴する以外に方法はない。

いくらシグートの側近として政務をサポートする立場の人間であろうと、友との私的な会話を盗聴されて心穏やかにいられるほど、シグートの心は広くなかった。

だが、そんなことは関係ないとばかりに、アルウェは声を荒らげる。

「そういうわけには行きません。あの娘は婚外子、王家には到底相応《ふさわ》しくない立場の人間です、殿下とてご存知《ぞんじ》でしょう⁉」

「当たり前だ。だからこそ、冗談で済むあの場で発言したのだからな」

「たとえ冗談であろうと、発言するだけで大問題です‼　そうでなくとも、殿下は近頃グランベル家と不用意に近付き過ぎておられる。連中は王族派でありながら、平気で貴族派にも肩入れする裏切り者です、殿下はもっとご自身のお立場というものをご理解いただきたい‼」

グランベル家は、王家の懐刀と称されるほどに、王族とは親しい家柄だ。

しかし、こと政治において、グランベル家は王族派と言われながらも中立に近い立場を保っている。

王国最強と称されるその武力で以《もっ》て、派閥争いが激化し過ぎないための抑止力となり、一線を越えた貴族を罰すること。それが、平時におけるグランベル家の役割だ。

それは時に、自身の立場を明らかにしないまま、都合の良い時だけ正義面をしてしゃしゃり出て来る厄介な蝙蝠《こうもり》、という風に他に貴族から捉えられてしまうこともあり――

「ナイトハルト。今の発言は聞き捨てならない」

それは、シグートにとって最も忌み嫌う考え方だった。

「王族派だろうが、貴族派だろうが、全て等しくこの国を守る同志だ。二度と裏切り者などと呼ぶな」

「しかし、他国の脅威が目に見えて強まっている今、自らの私欲がために権力を欲する連中を、裏切り者と呼ばずしてなんと呼ぶのです‼」

「くどい。それは連中から見た王族派も同じことだと、何度も言ったはずだ。……話はそれだけか？　ならば私はもう行く」

「殿下‼」

話を打ち切り、シグートはその場から歩き去る。どうしたら、自分もユミエのように他者から好かれる存在になれるだろうかと、そんなことを考えながら。

だからこそ。

「……こうなっては、致し方ありませんね。少々早いですが、仕込みを動かしますか」

アルウェが漂わせていた不穏な気配に、最後まで気付くことが出来なかった。

「……どういうことだ？」

その日届いた、とある人物からの手紙を見て、アールラウ家当主グヴリールは困惑していた。

アールラウ家の孫娘を使い、とある令嬢に手紙を送れ、という内容なのだが……その理由が

分からない。

「レーナウ湖でのお茶会……それを、ベルモント家主導で？　一体どういう意図があるのだ？」

ベルモント家は、貴族派のトップとして定期的にお茶会などの社交の場を開いている。そして現在、アールラウ家の令嬢にもそのお誘いの手紙が届いているのは確かだ。

それに対し、場所の変更を提案するように、というのが手紙の指示なのだが、意図するところがまるで見えない。

「魔法による安全な狩猟の機会を提供すると伝えれば、ベルモントの令嬢は必ず乗ってくる……？　そう上手《うま》く行くのか？」

ベルモント家の令嬢――モニカ・ベルモントは、その卓越した魔法の才能でメキメキと頭角を現している、社交界の注目の的だ。一方で、近頃はその話題もめっきり聞かなくなった。

その理由は明白だ。ベルモント家令嬢よりも話題となる少女が、突如社交界に現れたからだ。

グランベル家令嬢、ユミエ・グランベル。その存在を秘匿されていたところからの、類まれなる魔法の才能を見せつけながらの鮮烈なデビューは、誰の記憶にも強烈に刻み込まれ、それまで話題となっていたことなど全て過去のものと化してしまった。

その上で、更にユミエはシグート王子からもお茶の誘いを受け、王城に足を運んでいる。

今や誰もがユミエのことを噂《うわさ》し、その一挙手一投足に注目する中で、モニカ・ベルモントが起死回生の一手として自らの才能を見せつけようとしている、と言われれば、なるほど納得も出来よう。

しかし……あくまで貴族派の、内向きの集まりである茶会の一幕だ。そこで多少の腕前を披露したところで、風向きが変わるとは到底思えないのだが。

「あるいは、誰か有力な王族派の前で披露出来るのであれば、少しは違うのかもしれないが。だが、内向きの集まりに呼ぶのか……？」

グヴリールには、それを確かめられるほどの情報収集能力はない。

そして……情報が不十分だからと、上役に逆らって立ち止まるほどの気概もまた持ち合わせていなかった。

「まあいい、提案するだけでいいのなら安いものだ。おい、お前。ラウナを呼んで来い」

「かしこまりました」

執事に命じ、連れて来させたのはグヴリールの孫娘。ラウナ・アールラウだ。

リリエのような聡明さもなければ、誰もが目を奪われる美貌というわけでもない、ごく普通の令嬢である。

……だからこそ、リリエのように特に厳しく接することもなく、失望して突き放すこともなく、程々の距離感を保って良好な関係を築くことが出来ているというのは、ある種皮肉的だが。

「おじい様、何の御用でしょうか？」

「モニカ・ベルモント嬢から茶会の招待が来ていただろう。その返事だが、ある内容を書き加えて貰いたい」

「ある内容、ですか?」

訝《いぶか》しむラウナに、グヴリールは命じられた内容をそのまま伝えた。

何の意図があるのやら、と投げやりに呟《つぶや》くグヴリールだったが、意外にもラウナはその目的を察してみせた。

「それはもしや、グランベル家の令嬢が参加されるからではありませんか?」

「グランベルの? なぜだ?」

「モニカ様は、ユミエ・グランベルを強くライバル視しているご様子でしたわ。力を見せつけるというのでしたら、間違いなく彼女に対してでしょう」

私も、あの子は鼻持ちなりません。と、余計な一言まで加えてラウナは語る。

ラウナとユミエの間に関わりなど無いに等しいが、祖父のグヴリールがグランベル家を強く恨み……グランベル家のせいでアールラウ家が傾きつつあると、事あるごとに語っているのだ。その影響を受けた孫娘が、一見無関係なユミエに対して確執を抱くのも、ある意味当然の流れだろう。

(確かに、グランベル家は王族派の中では比較的中立寄りの家だ。内向きの集まりとはいえ、呼んでいてもさほど不自然ではあるまい。もしや、あの御方《おかた》の言っていた、グランベル家に復《ふく》讐《しゅう》するタイミングとは、このことか？）

孫娘からの情報で、ある程度現状認識について理解が追いついてきたグヴリール。だが、復讐するというには弱いのではないかと、僅かな引っかかりも覚えた。

（もし本当にベルモント家の令嬢がグランベル家に招待状を送っているのであれば、恐らく断ることは出来まい。湖に誘導し、力を見せつけることも出来るかもしれないが……獣風情を倒したところで、どれだけ効果があることやら）

〝とある人物〟からの指示には、モニカが仕留められる手頃な獲物を用意しておくように、という内容も含まれていた。

しかし、いくら優秀といえどたかが十三歳の令嬢が仕留められるような獣だ。万が一にも仕留め損ね、怪我《けが》でもされてはアールラウ家の責任問題にもなりかねない以上、万全を期すなら精々が野犬程度しか用意出来ないだろう。

そんなもの、何匹追い払ったところで箔《はく》が付くとも思えない。その程度で大騒ぎするのかと、武の心得がある家からは笑われる恐れすらある。

（〝こちら〟の取引で使うものなら、箔付けには十分過ぎるほどに凶悪だがな）

そんな中でグヴリールが思い出すのは、今回の件とは別に、前々から行っている取引の一環。帝国から近々密輸されてくる、とある物資についてだ。

危険極まりない〝それ〟がもし解き放たれ、暴れ出すような事態になれば——それを鎮圧した者は、間違いなく注目されるだろう。それほどの品物だ。

（まあ、もし万が一そのようなことになれば、私もただでは済まないがな）

こっそりと密輸を見逃し、賄賂を受け取って私腹を肥やしているだけでも大問題だというのに、〝あんな物〟の持ち込みを認めたとあっては自身の首が飛びかねない。

もし何かあっても知らぬ存ぜぬを通す準備はしているが、だからと言ってそれが起こって欲しいわけではないのだ。

「まあいい、私は精々、安全なところから見物させて貰うとしよう」

「おじい様？」

「ああ、すまんな。必要なものはこちらで手配をしておくから、ラウナは何も知らない体で茶会に参加するといい。グランベル家の令嬢が鼻持ちならない気持ちはよく分かるが、くれぐれも先行して空気を乱さぬようにな。モニカ嬢と歩調を合わせるのだぞ」

「もう、それくらい私も分かっておりますわ」

それでは、と、ラウナが退室していく。

再び一人になった部屋で、グヴリールは呑気に自らの仕事に取り掛かるのだった。

自らの判断がどのような結果を招くのか、想像することすら出来ないままに。

シグート王子とのお茶会を終えて、俺にもようやく平穏な日々が……訪れるはずもなく、相変わらず忙しい日々を送っていた。

なんか、シグートが俺を本当に王城まで招いてお茶をしたことが話題になってるらしくて、行く前よりも更に大量に手紙が届くようになったんだよね。

まあ……そのほとんどは、俺と仲良くなって王子とお近づきになろうっていう、下心が見え見えの内容なんだけど。

「全く、お嬢様を王子への顔繋《かおつな》ぎとしか考えていないのでしょうか。失礼な話です」

そう言って、リサが届いた手紙の一つを無造作に処分予定の箱に放り込む。

まだそれを読んでなかった俺は、苦笑と共にそれを拾い上げた。

「まあ、俺はグランベル家の婚外子だしね。俺個人にそれほど価値がないと思われるのも仕方ないよ」

「それが失礼だと言うのです。第一、婚外子といえど旦那様の血を引く直系であることに代わりはありませんし、誕生日パーティーの様子を見れば、グランベル家でどれほど大事にされているかも察せられるというもの。この上で、たかが出自一つで未《いま》だにお嬢様を軽んじるような家など、相手にする価値もありませんよ」

一応の礼儀として内容に目を通していた俺の手から手紙を取り上げたリサが、もう一度処分用の箱に手紙を投げ捨てた。表情にはあまり出さないけど、俺のことを軽く見られるのが、よっぽど腹に据えかねているらしい。

つまりはそれだけ、リサが俺のことを思ってくれているわけで……正直、嬉しい。

ただ、だからってそれを許容してたら、俺はともかくリサが他の家から目を付けられる事態になるかもしれないし、それは避けたい。

「リサ、大丈夫だよ。俺のことを軽んじる令嬢が何人いたって、全員籠絡して、味方に引き入れてみせるからさ。なんたって、俺は天下のグランベル家を骨抜きにしたんだよ？　世間知らずのお嬢様が何人束になろうが余裕だって」

にししっと笑いながら、自信満々に胸を叩《たた》いてみせる。

そんな俺に、リサは仕方がないなとでも言いたげに微笑んだ。

「誰よりも世間知らずなお嬢様に、世間知らずと言われる令嬢達が不憫《ふびん》でなりませんね。まあ、お嬢様の可愛《かわい》さを知らずに過ごしているのですから、その評価も仕方ないかもしれませんが」

「う、うん」

何だろう、半分冗談だったんだけど、全肯定で返されると流石にちょっと恥ずかしくなる。

大丈夫？　俺、めちゃくちゃ鼻持ちならないナルシストみたいになってない？　……うーん、これからは少し自重しようかな。

「そ、それにしても、本当に次はどこの招待を受けようね？」

ひとまず話題を変えようと、俺は努めて明るい調子で問い掛ける。

すると、リサもその意図を汲《く》んでくれたのか、届いた手紙や招待状の束をしばらく眺め——やがて、一枚の招待状に目を付けた。

「ベルモント家はどうでしょう？　ここなら、王家に次ぐ力を持つ公爵家ですし、他の招待を断る理由として申し分ありません」

「よし、それだ！」

リサの意見を名案だと受け入れた俺は、早速招待を受ける旨を手紙にしたためることに。

ベルモント家のご令嬢とは、パーティーの時に少し話したっきりだけど……どんなお茶会になるのか、楽しみだな。


ユミエがベルモント家の招待を受けることにした、という手紙は、特に問題もなくベルモント家令嬢——モニカ・ベルモントのところに届けられた。

それを受けたモニカは、当然だとばかりに頷きながらも……内心では、抑えきれない激情が渦巻いていた。

「ユミエ・グランベル……下賤《げせん》な血の生まれでありながら、シグート殿下の寵愛を受けるだなんて、度しがたいですわ」

私でも、まだ個人的な茶会に呼ばれたことはないというのに。と、モニカは歯噛みする。

「ですが、調子に乗っていられるのもここまでですわ。私の企画するお茶会は、いわば私のホームグラウンド。今度こそ、格の違いというものを見せ付けて差し上げますの！」

おーっほっほっほ、と、小物臭漂う高笑いを浮かべるモニカの姿に、彼女お付きのメイド――カナは頭を抱えていた。決して、悪い御方ではないのだけど、と。

（あまり無茶なご命令もなさらないし、見下すような態度が鼻につくことはあっても、なんだかんだ困っている時は気にかけてくださるし。後はもう少し、思慮深さというか、落ち着きというか、そういうものがあれば……今後に期待かしら？）

モニカは、まだ十三歳だ。体の成長が早いために大人びて見えても、心は未熟そのもの。大人と同等の理性を期待する方が間違っているだろう。

「こら、何をボーッとしているんですの？　お茶会まであまり日もないのですから、急いで準備しますわよ！」

「かしこまりました」

恭しく礼を取りながら、カナはふと、モニカに渡さなければいけないものがあったことを思い出す。

私もあまりお嬢様のことを笑えないな、と反省しながら、カナはそれを差し出した。

「ところでお嬢様、実はお嬢様宛てにお手紙が届いております」

「手紙？　誰ですの？」

「アールラウ子爵家からです」

アールラウ、と聞かされて、モニカがそれを思い出すのにしばしの時間が必要だった。

それほどまでに、大して気に留める価値のない家、という認識だったのだ。

「一応は同じ派閥の家なのでしたっけ？　全く、こんな時に何の用で……」

「お嬢様？」

手紙を読み始めたところで、モニカの手が止まる。

やがてそれを読み終えた時、ニヤリと小悪魔のような笑みを浮かべた主の姿に、カナは猛烈に嫌な予感を覚えた。

「カナ、予定変更ですわ。私の企画するお茶会は、レーナウ湖で執り行います」

「レーナウ湖？　西の辺境にある、あの？」

「ええ。毎年狩猟大会が開かれているそうですが、今はまだその時期ではないですから、場所を取るのに苦労はないでしょう」

「確かに苦労はないですが……あそこは、それなりに大型の獣も出ますから、落ち着いてお茶を飲むにはあまり適しませんよ？」

「だからこそ、ですわ。あの湖に出る獣を、私の魔法で華麗に仕留めて見せるのです！　そうすれば、ユミエ・グランベルとて私の力を認めざるを得ないでしょう」

前回のパーティーで、破壊するだけの脳筋娘だと言われたことを、モニカは未だに根に持っていた。

単に、言葉の裏を深読みし過ぎたことによる勘違いなのだが、誰一人としてその事実には気付いていない以上、訂正出来る者もまたいない。

「流石に危険ではないですか？　この時期であれば、さほど獣達も活発ではないとはいえ……」

「問題ありませんわ、それを見越して、手頃な獲物をアールラウ家がこっそり用意してくれるそうですから」

「……分かりました。では、せめて護衛を多めに手配致しますね」

元より貴族令嬢に護衛の騎士は外せないが、獣が出没するような場所に向かうのであれば、その備えも念入りにしなければならない。

そんなカナに、モニカは「それなら」と更なる爆弾を投げ込む。

「以前私が組織した、親衛隊があったでしょう？　彼らを動かしますわ」

「いえ、お嬢様、彼らを護衛として使うのはどうかと……見目ばかりで腕のない連中だという評価ですし、身辺調査も十分ではないから気を付けろと、旦那様からもキツく言われているではないですか」

モニカの親衛隊は、彼女が最近流行《はや》りの小説に影響を受けて無理やり作った、形ばかりのハリボテだった。

そもそもが、ベルモント家ではなくモニカ個人が私的な資金で雇った者達であるため、他所《よそ》の貴族家で不要と断じられた出来の悪い者しか集まらなかったのだ。

そんな中で、せめて見栄えだけは整えようと、見た目ばかりを重視する基準で採用してしまったものだから、もはや目も当てられない有り様である。とても使い物にならない。

「だからいいんじゃないですの。ベルモント家のベテラン騎士なんて連れていったら、私が活躍する間もなく終わってしまいますわ。それじゃあ意味がありませんもの」

「しかしですね……」

「とやかく言わず、それで準備なさい！　心配せずとも、お父様にバレた時はちゃんと庇《かば》って差し上げますから」

「…………」

バレた時はって、悪いことをしようとしている自覚があるんじゃないですか。

よほどそう言ってやりたかったが、言っても無駄かとカナは溜め息を溢す。

「……本当に、お気をつけください。何かあれば、私は死んでも死にきれませんので」

「分かっていますわ」

本当に分かっているのかと疑いながらも、言われるがままにカナは手配を行ってしまう。

そんな彼女の心配を余所《よそ》に、モニカは自らの輝かしい活躍を疑うことなく、幸せな空想に耽《ふけ》るのだった。


「わぁ、ここがレーナウ湖ですか！　綺麗な場所ですね」

ベルモント家からの招待を受けた俺は、追加で届いた手紙の内容に従って、森の中にある大きな湖へとやって来た。

太陽の光を反射し、キラキラと光る湖面。

風になびく背の低い草に覆われた大地。

周囲の木々からは、時折元気な鳥の鳴き声が聞こえてくる。

顔を上げれば、すぐ近くには隣国との国境を分断する大きな山々も見えていて、本当に良い景色だ。

ああ、素晴らしきかな大自然！　たまにはいいよね、こういうところ。

「ぜえ、はあ……あ、あなた、なんでそんなにも元気なんですの……？」

「ほえ？」

目に映る景色に感動していたら、後からやって来たモニカにそんなことを言われてしまう。

フラフラとした足取りは、今にも倒れてしまいそうで……そんなご令嬢が、モニカ以外にもあと四人。みんな疲れ果てているみたいだ。

というのも、この湖の畔《ほとり》までは道が整備されていないので、馬車が入ってこれなかったのだ。蝶よ花よと育てられた彼女達には、少々辛い道のりだったらしい。

狩猟大会とかも開かれてるらしいし、もう少し整備したら……と思ったら、普通は森の外でキャンプして執り行う行事だから、参加者以外はここまで来ないのが普通なんだって。へぇー。

「森に、入って……すぐのところって、聞いていたのに……全然、すぐじゃ、ありませんでしたわ……」

「いえ……これくらい、すぐだと思いますよ？」

狩猟大会の参加者なんて、みんな鍛え上げた騎士だろう。俺ですらバテないような距離など、軽いランニングにも入らないはずだ。

普段運動しない令嬢にはキツイってだけで。

「こ、この、体力お化け……」

「えへへ、ありがとうございます」

「褒めて、ませんわ……」

モニカ達ご令嬢、それから、そのお付きのメイド数名が呼吸を整えている間、場所のセッティングを行うのはベルモント家の騎士達だ。

イケメン揃《ぞろ》いで、それはもう輝かしい服装の立派な騎士ばかり、なんだけど……心なしか、呼吸が乱れてるような気がする。

……この程度の移動で疲れるとか、この騎士達大丈夫か？

「さあ、気を取り直して、始めますわよ！」

やがて元気になったモニカが、気合いを入れ直すようにそう叫ぶ。

出足から少し予定外もあったけど、自然の中でのお茶会は普通に楽しみだ。

……強いて言えば、俺に付いてきたリサがピリピリしてることが気がかりかな。

急にこの場所に決まったのと、タイミング悪くお父様やお兄様が出張に出ちゃったから、護衛の手配が間に合わなかったんだよね。他の家も似たようなものだろう。

そんな中で、言っちゃなんだがベルモント家の護衛騎士達が見るからに頼りないんだから、こうなるのも無理はないけど。

「お嬢様、いざという時はベルモントの令嬢を囮《おとり》にして逃げましょう」

「こらこらこら」

さらりとんでもない発言をするリサを宥めながら、俺は用意されたテーブルに着く。

騎士は微妙だけど、持ち込まれたお茶やお菓子はどれも一級品だ。こういうところは、さすが公爵家。

「さあ、ユミエさん。思う存分召し上がってくださいな。東の国から伝わってきたばかりの甘味です、西の果てを守るグランベル家では、なかなか味わえないのではないですか？」

「これは……小さなお饅頭《まんじゅう》ですね、美味《おい》しそうです！」

食前の祈りを済ませ、俺はお皿に盛られた一口サイズのそれをぱくり。

うーん、美味しい！

「餡子《あんこ》なんて久しぶりに食べましたよ。んぅ～！　……あ、お茶にはあまり砂糖を入れない方が合いますよ、本当はまた別のお茶と一緒に食べた方がいいんですけど」

俺が食べる姿を見て、自分もと手を伸ばした令嬢にアドバイスする。

そんな俺に、モニカは思い切り顔を引き攣《つ》らせていた。

「……ず、随分と詳しいんですのね」

「え？　あっ」

ついうっかり、前世基準の知識で語ってしまっていた。

名前もそのまま記憶にあるものを口にしたけど、どうやら合ってたらしい。そこはちょっとホッとした。

「偶然、知る機会がありまして」

「それはすごいですね。王子殿下にも、そういった博識なところが気に入られたのでしょうか？」

問い掛けて来たのは、このお茶会に参加している令嬢の一人——確か、アールラウ家当主の孫娘で、お母様の姪《めい》に当たる子だ。名前は、ラウナだっけ？

最初は少し警戒もしていたけど、特に突っかかってくる様子もないし、安心して大丈夫そうだな。

「違いますよ、殿下が気に入っておられるのは私のお兄様です。お茶会に呼ばれたのも、私からお兄様の話を聞きたかったからだと思いますよ？」

「ユミエさんのお兄様……ニール・グランベル様ですね。殿下にも迫るような、凄《すさ》まじい才能の持ち主だとか」

「はい！　それはもう、すごいんですよ！」

アールラウ家の子に話を振られたのをいいことに、俺はお兄様について語りまくった。

カッコいいところ、お調子者なところ、お父様に叱られた失敗談も含めて、俺の胸にある思い出をありったけ。

「——と、そんな話を殿下とお兄様の前でしたんですが、恥ずかしがって悶えるお兄様を、王子殿下はそれはもう楽しげな様子で見つめていました」

「つまり、王子殿下の狙いはユミエさんではなく、ニール様……!?」

「男同士、禁断の愛……いい……！」

ひとしきり語り終えたところで、令嬢達はいつの間にか夢の世界へと旅立ち、おかしな妄想を繰り広げ始めた。

いや、あの、妄想するのは自由だけど、そういうことでもないと思うよ？

「おっほん！　み、皆様、誰かお忘れではございませんこと……？」

「あ……！」

「す、すみませんモニカ様、つい……」

そんな時、モニカが不機嫌そうに咳払《せきばら》いし、強引に話を打ち切った。

どうやら、ずっと蚊帳の外に置かれていたのがご不満らしい。いや、うん、今みたいな話は普通の子にはついていけないよね、ごめんね。

「殿下の関心がニール様にあるのは分かりましたが、ユミエさんご自身はどうなのですか？」

「私、ですか？」

「ええ。ニール様を口実に殿下とお茶をし、歓談されて……殿下に心惹《ひ》かれるものはなかったと？」

「そんなことはないですよ。殿下はとてもお優しい方でした。でも、私は血筋のこともありますから……そもそも、結婚相手が見つかるかも分かりません」

俺がそう言うと、モニカは虚をつかれたような顔になる。

俺の出生くらい、ベルモント家なら知ってるだろうに、そんなに驚くようなことだろうか？

「ですから、私は高望みなんてしませんよ。グランベル家のお役に立てる相手なら、誰であっても構いません」

「……それがたとえ、醜悪な老人相手でも？」

「はい」

迷いなく断言すると、その場にいた全員が口をつぐんでしまう。

そんなに重く捉えなくていいと、軽く笑ってみせながら、俺はその思いを口にする。

「私にとって一番大切なのは、私を家族として受け入れてくれたグランベル家です。だから私は、そんなことで少しでも恩を返せるなら、喜んで嫁ぎますよ」


(なんですの……この子は)

お茶会が始まって、およそ一時間。モニカは、予想とは異なる流れに戸惑っていた。

(どうしてそこまで……割り切れるんですの)

モニカは、まだ十三歳。恋に恋するような、多感な時期だ。

貴族として、いずれは家のために政略結婚しなければならないことを知識として知りながらも、心では素敵な王子様との大恋愛に憧れているのも、彼がまさにシグートに惹かれているのも、彼がまさに〝素敵な王子様〟を体現する理想的な男性だからだ。

しかしユミエは、僅か十一歳でありながら、家のための結婚に躊躇《ちゅうちょ》はないと言い切った。

悲劇のヒロインぶってと、そう切り捨てるのは簡単だ。だが、言えなかった。ユミエが向ける真《ま》っ直《す》ぐな目を見て、気付いてしまったのだ。

彼女がそれを望むのは、諦観でも、義務感でもない。

本当に、ただ本心から家族の幸せを願い――それこそが自分の幸せなのだと、確信していたから。

その曇りなき純粋な想《おも》いを聞いて、安易な否定を選ぶことは、モニカには出来なかったのだ。

それは、他の令嬢達も同じなのだろう。

「ユミエさん、よかったら今度は我が家のお茶会にも来てくださいな」

「ユミエさん、私もお願いします」

「えへへ、もちろん、その時はお邪魔させていただきますね」

気付けば、集めた令嬢達は皆、ユミエの存在を自然と受け入れてしまっている。

全員が、ベルモント家の傘下――貴族派の令嬢達だったというのに、まるで長年の友人のように親しげに会話していた。

未だにそうでないのは、モニカと、アールラウ家の令嬢くらいだろう。

祖父がグランベル家にやり込められたことで、家が傾きかけていると聞く彼女の立場を考えれば、ユミエに心を開く方がおかしい。だが逆に言えば、それほどの負の感情を心に秘めていてようやく、ユミエの魅力に囚《とら》われずに済んでいるということだ。

何なら、モニカ自身既に心が傾きかけている。

（ええい、私は誇り高きベルモント家の女ですわよ⁉　ここですんなり仲良くなったら、この子に負けを認めたも同然‼　そんなの認められませんわ‼）

もはや、ただの意地一つで心を鬼にし、モニカはユミエを睨み付ける。

傍《はた》から見ればとっくに敗北した心に、なけなしのプライドを込めて。

（絶対に、ユミエさんの方から言わせて見せますわ‼　私とお友達になってくださいと‼）

あまりにも微笑ましい決意を胸に、モニカは気合いを入れ直す。

だが、モニカは知らなかった。一度走り出した悪意は、そう簡単に止まることはないと。

既に目前まで迫った脅威が、モニカ達を呑《の》み込もうとしているのだと。

「ふひひ、ボロい商売だぜ」

オルトリア王国西部、国境付近にて。一台の巨大な馬車が、人知れず隣国からの不法入国を果たしていた。

もちろん、関所は通過している。ただ、必要な手続きを経ることも、積み荷の中を検《あらた》められることもなく、本来取引が禁じられているはずの物品を国に持ち込んだ彼は、紛れもない不法入国者だろう。

「アールラウ家様々だな。ちょっとお高めの通行料さえ納めれば、どんな物だって持ち込み放題だ」

アールラウ家が行っていた事業は、ベゼルウス帝国とオルトリア王国とを結ぶ新たな街道を施設することだ。

この道を使う者から通行料を取ることで恒久的な利益になる他、単純にアールラウ家へと続く人の流れが出来ることで領内が潤う、一石二鳥の作戦。

しかし、そんなアールラウ家の考えは、思うように実現しなかった。

理由は、この道以外にも使い勝手の良い道が既に存在するからだ。一体誰が、好き好んで不便な道を使うのかという話である。

もし仮に、使う者がいるとすれば……それは、今まさにその道を使っている彼のように、非合法な物品を密かに運び入れたい者くらいだ。

それを取り締まるどころか、推奨してまで利益を貪っているのがアールラウ家なのだから、始末に負えない。それも、グランベル家に釘《くぎ》を刺され、事が完全に露呈する可能性が明確になってもなおやめられないのだから、もはや破綻の時まで秒読みである。

「っと、確かこの辺だったたな、取引の場所は」

地図とコンパスから場所を割り出し、男は積み荷を受け渡す予定ポイントへと到着する。

馬車を降りた男は、時間通りだと辺りを見渡し——

「…………」

「うおぉ!? なんだぁ!?」

突然目の前に降ってきた影に、胆を冷やす。

全身真っ黒のローブで身を包んだ、幼い子供にしか見えないその影に、男は苦言を呈する。

「びっくりさせんなよ、つーかなんでここにガキが……」

「取引の品……それ……？」

聞こえてきたのが少女の声だったことに、男はまたしても驚かされる。

だが、取引を知っているというなら話は早いと、余計な雑念は胸の奥にしまい込んだ。

「ああ、その通りだよ。帝国でもとびっきりヤバいのを連れてきた、こいつなら……」

「なら……今すぐ、それを置いて国に帰れ。そう伝えろと、言われた」

「は？ おいおい、まずは代金の話が先だろう？ こいつを手に入れるのにどれだけ苦労したと思ってやがる」

少女の言葉に、男は不快げに眉を顰《ひそ》める。

その瞬間、少女のローブが風によって舞い上げられ——その下から、この世のものとは思えない異形の腕が現れた。

「ひいぃぃぃ!? ば、化け物!?」

「代金を欲しがったら、〝死〟をくれてやれと、そう言われた。……だから、早く、逃げて。私は……誰も、殺したくない」

少女が、異形の腕を振るう。

〝積み荷〟の関係で、特別頑丈な金属で作られていたはずのその馬車が、その一撃で真っ二つになる。

「グオォォォ‼」

中から現れたのは、一体の怪物だった。

全体的なシルエットは熊に近く、漆黒の毛皮に覆われている。

だがその両腕には、明らかに普通の熊にはない、刃渡り二メートルほどの刃《やいば》が伸びていた。

人が魔法を使うように、その身に宿す魔力によって肉体を変質させ、より戦闘に特化した新たな器官や能力を手に入れた、自然が生み出す脅威の生命体——〝魔物〟だ。

「ひぃぃぃぃぃ‼」

ただでさえ化け物染みた少女に襲われかけていたところへ、積み荷の魔物まで解き放たれては男に為《な》す術《すべ》などない。一目散に、その場から逃げ出した。

残された少女は、ようやく自由の身となった魔物を一瞥《いちべつ》し——その殺意が自分に向いたのを確認するや、踵《きびす》を返した。

「ついて、来い。お前の相手は……こっちだ」

「グオォォォ!!」

少女に誘導され、魔物——ソードグリズリーと呼ばれるその個体は、全速力で走り出す。

少女の進む先、ユミエ達のいる湖を目指して、真っ直ぐに。

# 第四章

# 森の激闘

Episode.
04

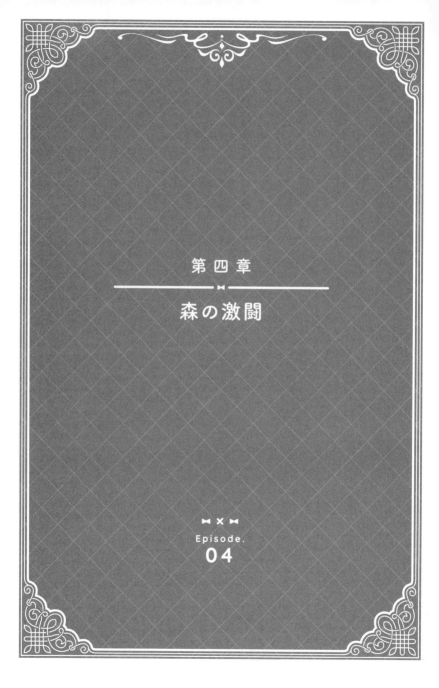

最初に〝それ〟に気付いたのは、アールラウ家の令嬢だった。

「あら？　あれはなんでしょう？」

湖の向こうから、大きな何かが突っ走って来る。

遠目には熊に見えるその何かを見て、モニカが得意げに立ち上がった。

「ふふふ、どうやら無粋な獣が迷い込んで来たようですわね。皆さん、少し離れていてくださいまし。私が打ち払いますわ」

一人で前に出て、魔法発動のための精神集中に入る。

宙に浮かぶ魔法陣。真っ赤な炎が灯ったかと思えば、瞬く間に轟々《ごうごう》と勢いを増していくその光景を見て、誰もがモニカの勝ちを確信していた。

だけど……そんな中で俺は一人、僅かな違和感を覚える。

距離感がおかしい。あの熊、なんかやたらとデカくないか——？

「《爆炎《フレアバースト》》‼」

モニカが放った爆炎が、迫り来る熊に直撃し……あっさりと、弾《はじ》き返された。

「えっ……？」

「グオォォ‼」

ダンプカーのごとき巨大熊が、モニカの眼前に迫る。腕を振り上げ、その凶刃を振り下ろそうとする。

あまりにも予想外の事態に誰もが足を止める中、俺は素早く魔法を発動させた。

「《風纏《ブルームアップ》》‼」

全身に風を纏《まと》い、体を軽くする魔法。

その発動と同時に地面を蹴った俺は、モニカの後ろから体当たりするように抱きついて、その勢いのまま巨大熊の足下を滑り抜ける。

「きゃあ⁉」

「っ……‼」

悲鳴をあげるモニカを抱えたまま、巨大熊の背後で顔を上げる。

奇《く》しくも挟むような形になって、巨大熊が誰を狙うべきか迷うように動きを止めるけど……その隙を突いて攻撃出来る人間は、この場にはいなかった。

「あなた達、何をボサッとしてるんですか⁉　早くお嬢様を助けなさい‼」

「む、無理ですよ‼　あんな化け物の相手なんて、それこそ、本職の騎士を小隊単位で連れてこないと……‼」

「あんたらも本職でしょうがぁ‼」

騎士達は全員腰が抜けていて、モニカのメイドに思い切り怒鳴られてる。あれは役に立ちそうもないし、何なら足手まといだろう。

そして、あちら側には更なる足手まといである、モニカ以外の貴族令嬢もいる。

「リサ‼」

「お嬢様‼　今お助けします‼」

「俺のことはいい、リサはみんなを連れて逃げて‼」

「なっ……何を仰《おつしや》っているのですか⁉」

主《あるじ》を置いて逃げろと言われ、リサが今にも泣き出しそうな顔で叫ぶ。

けど、こうするしかない。リサはあくまでメイドであって、騎士じゃないんだ。

多少なりと魔法を齧《かじ》ってる俺が、自分の力で切り抜けるしかない。

「大丈夫、こっちはこっちでなんとかする。モニカ様と一緒に、絶対切り抜けて見せるから
……そっちは任せた‼」

力の限り叫ぶと同時に、魔法を発動する。

演出魔法、《大火《ビッグフレア》》――ただ見かけ上だけ大きく膨らませた、炎の風船だ。

でも、散々特訓しただけあって、見た目だけなら恐るべき大魔法に見える。案の定、巨大熊の注意はこちらに向いた。

「喰《く》らえ‼」

次々と飛翔する炎風船が巨大熊にぶち当たり、何の影響も与えないまま消えていく。

それを、おちょくられているとでも考えたのか。巨大熊は怒りの咆哮《ほうこう》を上げ、俺の方に襲い掛かってくる。

「逃げるぞ!!」

「えっ、あっ……」

モニカの体にも《風纏《ブルームアップ》》をかけ、一目散に走り出す。

リサ達から引き離すように、森の奥へと向かって。


「……一足、遅かったか」

ユミエ達が湖の畔《ほとり》で魔物に襲われるより少し前。国境付近で大破した一台の馬車を調べる、騎士の一団があった。

カルロット率いる、グランベル家の騎士団。王家と協力して行われた調査により、アールラウ家が想像以上に危険な品を帝国とやり取りしていることを知った彼らは、アールラウ家に乗り込んで当主以下数名の捕縛を行った。

そこで判明したのが、今回の取引場所。帝国に生息する危険な魔物を生きたまま連れ込み、何者かに譲渡しようとしていたのだ。

「血痕とか、そういうのは見付からないよ。魔物も、商人も逃げ出したってことかな？」

「だとすると厄介だ。早急に魔物を見つけ出さなければ、近隣の町に被害が出る」

魔物は、通常の獣とは一線を画する生きた災害だ。人を見れば見境なく襲い掛かってくるほどに凶暴で、魔力によって強化された肉体はそれ自体が天然の鎧《よろい》と化す。生半可な攻撃は通用しない。

魔物を倒せるのは、同じように魔力を用いて戦う術《すべ》を身に付けた、騎士達だけだ。

「問題は、どこに向かったのかということだが……」

生きた魔物を欲する人間が誰なのか、その目的は何なのかというのも重要だが、今は何よりも逃げ出した魔物を見付け出し、仕留めることが優先される。

地図を睨み、魔物が向かいそうな場所に考えを巡らせていると……。

「なあ、父様……ここって、ユミエがベルモントの令嬢とお茶会してるっていう湖じゃないか？」

ニールが、地図の一点を指差してそう告げた。

それを聞いて、カルロットもまた彼が何を言いたいのかを察して顔をしかめる。

「魔物が、ここに向かった可能性もあるんじゃ……？」

「……確かに、可能性はある。だが、魔物が向かう先としては、こちらの町の方が自然だろう」

湖よりも近い位置に、それなりに大きな町があった。

魔物が人を襲うのは、人が他の生物よりも多くその身に宿す、魔力を摂取するためだと言われている。

ならば、より人が多く、距離も近い場所を襲う方が理にかなっているだろう。

だが——と、カルロット自身、もう一つの可能性が頭を過《よぎ》っていた。

「アールラウ家の連中が、最初からユミエを狙って魔物を連れ込んだんだとしたら？」

「…………」

カルロット達は、アールラウ家の支援を打ちきり、家を傾かせた。

そもそも、他家の支援がなくては立ち行かないほどの状況に陥っていた時点で、既に破綻しているも同然なのだから、自業自得なのだが……その件で逆恨みされていてもおかしくはない。

そして、アールラウ家との決裂が決定的になった要因は、間違いなくユミエにあるだろう。

そう考えると、ニールの考えを心配し過ぎだと切って捨てることは出来なかった。

「ユミエのところには俺が行く。父様は町の方に行ってくれ」

「……一人で行く気か？」

「その方が早い。剣の腕はともかく、足の速さならもう父様より俺の方が上だし」

「……分かった」

実のところ、二人の推理は間違っている。

アールラウ家がグランベル家を恨んでいたことは確かだが、魔物を使って襲わせようなどという大それたことを考えるほど、当主であるグヴリールは胆の据わった人間ではない。彼はあくまで、とある男の指示でユミエ達一行を湖に誘導しただけである。

だが、二人の過剰なまでのユミエへの想《おも》いが、間違いだらけの推理を結果的に〝正解〟へと導いていた。

「行ってこい、ニール。ユミエのことは頼んだぞ」

「任せろ、父様。絶対に……ユミエは俺が守る‼」

その胸に下げた、サファイアのネックレスを握り締め、ニールは走り出す。

魔法の光を纏い、飛ぶような速さで──最愛の妹の下へと。


「はあっ、はあっ、はあっ……‼」

俺とモニカの二人は、森の中を必死に走り回っていた。

幸いだったのは、この巨大熊が本物の熊ほど速くは走れないことか。両腕にくそデカイ剣みたいな鉤爪《かぎづめ》を持ってるから、二足歩行しか出来ないんだろう。

お陰で、俺の貧弱な魔法で少し移動速度を速めてやるだけで、俺達は未だに逃げ続けることが出来ている。

もっとも、それでも巨大熊の方が速いから、追い付かれそうにはなってるんだけど。

「グオォォォ‼」

「モニカ、跳べ‼」

「っ……⁉」

もうすぐ追い付かれる、というところで、モニカを抱きかかえて横に跳ぶ――と同時に、二つの魔法を使った。

一つは、《仮装付与《デコレーション》》。緑色の膜で俺達を覆い、姿を視認しづらくする。

もう一つは、《幻影分身《パレード》》。俺に似せた、幻の分身を作る光の魔法だ。

これ一つ作るだけで結構な魔力を使うから、連発は出来ない。でも、上手く使えば緊急回避用のデコイとして大いに役立ってくれる。

現に、騙《だま》された巨大熊は幻影に向かって刃を振るい、盛大に空振りして――その先にあった巨大な岩を、真っ二つに切り裂いて見せた。

「なんつー切れ味だよ、そんなのアリか⁉」

思わず、素の口調が飛び出すくらいには理不尽な強さだ。

こんなの、俺の力で倒すなんて逆立ちしたって不可能だろう。ていうか、掠《かす》り傷一つだって負わせられない。

なら、出来そうなやつに頼むだけだ。

「モニカ様‼　あなたの魔法で、あの化け物を足止め出来ますか⁉」

「そ……そんなの無理よ‼　あなたも見たでしょ？　私の魔法、全然通じなくて……‼」

「倒せなくてもいい‼　足を怪我《けが》させて、少しでも動きを鈍らせれば、今の俺達の足でも振り切れます‼」

「それは……それも、無理よ……‼　魔法は、落ち着いて集中出来る状況じゃなきゃ……‼」

「その状況は、俺が作ります‼」

俺が叫ぶと、どうやって、と言わんばかりにモニカが目を見開く。

そうこうしてるうちに、俺達を見付けた巨大熊が再び迫ってくる。

確かに、こいつを止めるのは一苦労だけど、今だって一瞬は足止め出来たんだ。なら、もう少し長い時間足止めするのも、やってやれないことはない。

「岩でダメなら……崖ならどうだ⁉」

必死に逃げ回る中で見付けた、切り立った崖。森の中にある天然の段差。

山が近いからか、固い岩盤が剝《む》き出しになったそこに近付くと、俺は一度モニカを草陰に突き飛ばし、崖の前に仁王立ちになった。

「きゃあ⁉」

「あいつが足を止めたら、そこから魔法をお願いします！」

指示を飛ばす間にも、巨大熊が迫ってくる。

モニカを狙われたらまずいから、気を引くためにまた《大火《ビッグフレア》》でも撃った方がいいかと思ったけど、大丈夫そうだ。

よし、来い、そのまま……‼

「グオォォォ‼」

「《風纏《ブルームアップ》》……最大展開‼」

風の魔法を全力で使い、俺の体を木の葉のように上空に舞い上げる。

急に目の前で目標を見失った巨大熊は、振り抜いた刃の力を緩め、かと言って止めきることも出来ず——崖に突き刺さって、抜けなくなっていた。

「グオォ、グオォォォ⁉」

「うぐっ……モニカ様、今です‼」

強引に空へ飛び上がったせいで受け身も取れず、地面に落下すると同時に手足に激痛が走る。

けれどその代わり、巨大熊は完全に足を止め、無防備な背中を晒《さら》していた。

今なら、こいつの後ろ足を狙って魔法を当てるなんて容易《たやす》い——そのはずだった。

「な、なんで……魔法が、発動、しない……‼」

だけど、モニカは魔法を使えなかった。

魔力切れじゃない。構築しようとした魔法が形にならず、何度も途中で霧散してしまっている。ごく単純な、初心者ならよくある魔法の失敗例だ。

元々、魔法を発動するには高い集中力が必要なんだ。極限の状況で、普段なら出来るはずのことが出来なくなってしまったんだろう。

そうこうしているうちに、巨大熊は崖から解き放たれ、自由の身になった。

崖に刺さって抜けなくなった刃を自らへし折り、すぐさま再生するという力業で。

「くっそ、そんなのアリか⁉」

知れば知るほど、規格外の力を見せてくれる。

こんなの倒せる人間なんているの？　と思いながら、俺は急いで起き上がり、モニカのところに走った。

さっき着地に失敗した時に足を痛めたのか、一歩踏みしめるごとに激痛が走るけど、今はそんなことを気にしていられない。

鈍った動きを誤魔化すため、俺はこちらに目を向ける巨大熊へと足止めの魔法を放った。

「《閃光《フラッシュ》》‼」

「ギャオォォォ⁉」

眩《まばゆ》い光が巨大熊の視界を焼き、初めて悲鳴にも似た声をあげた。どうやら、こういうのは通用するらしい。

「行きましょう、どこかに身を隠します」

「は、はい……」

今にも泣きそうな顔で棒立ちになっていたモニカの手を引いて、俺は急ぎその場を離れた。

いい加減、覚悟を決める他ないかもしれないと、そう考えながら。

俺とモニカが身を隠したのは、大きな木の根元にあった小さな空間——樹洞だった。

子供二人並んで座れるくらいのその隙間で身を寄せあい、入り口を《仮装付与《デコレーション》》で偽装。《風纏《ブルームアップ》》を使って空気も遮断し、匂いや音が漏れないようにした。

そこまでしてようやく、一息吐《つ》くことが出来たんだが……目や鼻、耳以外にも、大雑把に俺達の位置を知覚する方法があるのか。巨大熊が動くことで生じる振動が、木の肌を伝って感じられる。

俺の魔力も、そろそろ限界だ。痛めた足は骨に異常があるのか、どんどん痛みが酷《ひど》くなってるし……長くは持たないだろうな。

「ごめんな、さい……」

でも、そんな俺以上に追い込まれているのは、モニカの方だった。

魔力は大丈夫だけど、それ以上に体力と、何よりも精神的な消耗が大きい。すっかり薄汚れてしまったドレスのスカートに顔を埋《うず》め、泣きながら震えていた。

「私が……私が、魔法を……ちゃんと使えなかった、せいで……」

「気にしないでください。あれは作戦通り出来ていたとしても、上手く行かなかったと思いますから」

落ち着いたことで、素ではなく令嬢としての丁寧な口調で話す余裕を取り戻した俺は、出来るだけ優しくモニカを慰める。

へし折った自分の鉤爪を、あんなに一瞬で再生させるような化け物だ。手足が多少傷付いたって、すぐに再生して追ってきてたはずだ。

でも、そんな言葉はモニカには届かなかった。

「そのことだけじゃ、ない……私は、私は……あなたに、勝ちたくて……それだけのために、カナの忠告も無視して、使えない護衛にして……でも、私、全然弱くて……!! 全部、全部、私が、私のせいで……はあっ、はあっ、はあっ……!!」

「モニカ様、落ち着いてください！」

極度の緊張とストレスのせいで、モニカは過呼吸を起こしていた。呼吸が乱れ、苦しそうに胸を押さえ、焦点の定まらない瞳が激しく揺れている。

医者でもない俺は、こういう時どう対処するのが正解かなんて知らない。うろ覚えの知識では、ビニール袋を口に当てるといいなんて聞いたことがあるけど、こんな森の中にあるわけがない。

悩んだ末、俺は咄嗟《とっさ》に思い付いた方法を実行に移した。

「モニカ様、こっちを向いてください!!」

「はあっ、はあっ、はあっ……!?」

モニカの顔を両手で包み、無理やり俺の方を振り向かせると、そのまま唇を重ね合わせる。

袋がないなら、俺がその代わりをする。人工呼吸みたいに口を塞いで、正しい呼吸を思い出させるように、ゆっくりと息を循環させる。

震える全身を抱き締めて暴れ出すのを防ぎ、ポンポンと背中を撫《な》でて落ち着かせる。

大丈夫だって……俺がついてるって、伝えるために。

「…………」

「ふう……落ち着きましたか?」

やがて、半ばパニック状態だったモニカの呼吸が落ち着きを取り戻したのを確認すると、俺はモニカから離れた。

それでも、どこかボーッとしたままだったモニカは、やがて口元を手で押さえながら小さく呟《つぶや》く。

「……すみません、ご迷惑をおかけしましたわ」

「気にしないでください、こんな状況なんですから、無理もないです」

俺が前世で何年の時を過ごしたのか、もう覚えていない。だけど、今世の分と合わせれば、モニカよりは上のはずだ。

　そんな俺でも、この状況はキツイものがあるんだ。たった十三歳のモニカなら、それ以上だろう。

　今こうして落ち着いていられるだけ、十分過ぎるほどに心が強い。

「どうして……ユミエさんは、そんな風に堂々と振る舞えるんですの……？　怖く、ないんですの……？」

「怖いですよ。でも、今はモニカ様がいますから」

「私、が……？」

「はい。私よりもたくさん怖がって、怯《おび》えてるモニカ様が傍《そば》にいるから……私がしっかりしなきゃいけないんだって、踏ん張ることが出来ています。だから、モニカ様は自分を責めないでください。モニカ様がいなければ、私もとっくに心が折れて死んでいましたから」

　ね？　と、俺はモニカに語りかける。

　すると、モニカはより一層ポロポロと涙を流し、懺悔《ざんげ》するように嗚咽《おえつ》を漏らした。

「ごめんなさい……ごめんなさい……!!　私、あなたのこと……ずっと……ずっと、嫌って……ごめんなさい……!!」

「……いいんですよ、私は気にしていませんから。生きて帰って、今度こそちゃんとお友達になりましょう？　約束です」

「はい……ありがとう、ユミエさん……!!」

俺、嫌われてたんだ……と、ここに来て驚愕《きょうがく》の事実を知ってしまったわけだけど、正直全くそれらしいことをされた覚えがないし、気にするもなにもない。むしろ、ちゃんと友達になろうって言えて、モニカもそれを了承してくれた。

今は、何よりもそれが嬉《うれ》しくて、些細《ささい》なすれ違いなんてどうでもよくなる。

「きゃっ……!? な、なんですの？」

「……ここにいること、バレちゃいましたかね？」

俺達のいる樹洞が大きく揺れ、パラパラと木片が降ってきた。

どうやら、ここで二人仲良くじっとしていられるのも、これまでみたいだ。

「モニカ様はここにいてください。私が外に行って、あいつと決着を付けてきます」

「決着って……ユミエさん、またあいつと戦うつもりなんですの!? 無理ですわ、だってあなた、もう魔力が……!!」

「大丈夫です」

本当は、何一つ大丈夫じゃない。

頭の中にあるプランも残るは一つだけで、もしそれが通用しなかったら一巻の終わりだ。魔力が底を突いて動けなくなった俺は、あの化け物に殺されるだろう。

だけど……ここでモニカを守れなかったら、たとえ俺が生き残れたとしても、家族に合わせる顔がない。

「私の名は、ユミエ・グランベル。王国最強の騎士、カルロット・グランベルの娘です。〝グランベル〟の名に懸けて……絶対に、あなたを守ってみせます」

王国最強の看板を、グランベルの名を、俺が汚すわけにはいかないんだ。だって俺は……俺だって、グランベル家の一員なんだから。

俺の全てを懸けて、あいつを倒す。

「……お願い……死なないで、ユミエさん……」

「はい、必ず生きて帰ります」

モニカとそう約束した俺は、勢いよく樹洞から飛び出した。

その直後、後ろから巨大熊の雄叫《おたけ》びが聞こえる。

「グオォォォ!!」

「そうだ、ついて来い!! お前の相手はこっちだぞ!!」

最後の作戦のために、俺は元来た道を戻っていた。

こいつを倒すのに、生半可な攻撃じゃ意味がない。だけど、俺も……モニカの魔法でも、到底決定打にはならない。

なら、もうこいつを仕留められるのは、こいつを越えるような化け物か——こいつ自身だけだ。

「来いよ……これが、最後だ」

辿《たど》り着いたのは、さっき足止めに利用した崖だった。

崖を背に、挑発するように呟く俺を見て、巨大熊はさっきの失敗を思い出したんだろう。大きく回り込むように走ってくる。

「くっ……！」

崖伝いに、一度は止めた足をもう一度動かし始めた俺を見て、なけなしの策を看破したと思ったのか、巨大熊は勢いを増して突っ込んで来る。

逆に俺は、もうまともに足も動かせない。痛みが酷くなり過ぎて、歩くこともままならないほどだ。こんな状態じゃ、ほんの少し横に移動することしか出来なかった。

「グオォォォ!!」

勝利の雄叫びをあげ、巨大熊が腕を振り被《かぶ》る。

足をもつれさせて倒れた俺を仕留めるべく、刃を振り抜いて――

「グァ……ァ……？」

目の前に突然現れた崖――そこに突き刺さっていた、自分自身の折れた刃。そいつに頭を貫かれていた。

「ははは……ついさっき見た場所なんだから、景色がズレてることくらい気付けよ、バーカ」

俺がやったのは、《仮装付与《デコレーション》》による大規模な崖の偽装。それが聳《そび》え立つ角度をズラすことだった。

それによって、この巨大熊は崖に沿って走ってきたつもりで、真正面から突っ込むような形に誘導されてしまったというわけ。

自分が崖に突き刺したままになっていた刃に、自分から突き刺さりに行くような形にね。

「さすがに、この範囲で魔法を使ったら、欠片《かけら》ほどの魔力も、残らなかった、けど……でも、これで……俺の、勝ちだ……！」

「グ、オォ……」

頭から大量の血を流しながら、巨大熊はフラフラと後ろに倒れていく。

やっと終わった——と、俺が息を吐いた、その直後。

巨大熊は、倒れることなく足を地面に踏ん張り、咆哮した。

「グオォォォ‼」

「な……嘘だろ……？」

頭から流れ落ちる血がみるみるうちに治まり、傷口が塞がっていく。

どうやら、こいつがさっき見せた再生能力は、頭を貫かれてなお有効らしい。ふざけてるとしか思えない。

「ここまで、か……まあ……俺も、十分頑張ったよね……？」

さすがにダメージが大きかったのか、再生に時間がかかっている様子の巨大熊を眺めながら、俺はこれまでのことを振り返る。

バラバラだった家族の仲を取り持って、めちゃくちゃ溺愛された。

それでも信じきれなかった家族からの愛情を、お兄様が一生懸命信じさせてくれた。

王子と知り合いになって、モニカとも友達になれて……本当、俺にしては出来すぎなくらい、良い人生だったと思う。

何なら、ここで死んでも三度目があるかもしれないしな。ははは、そこではもっと平和に過ごしたいな……なんて……。

「っ……そんなの、嫌だ……!!」

俺は歯を食い縛って、その場から這《は》うように移動を始める。

歩くよりもずっと遅くて、今なら亀にだって追い付かれそうなくらいノロノロとした動き。隠れるのも無理だし、逃げ切るなんてもっと無理だ。こんなに必死になって体を動かしても、死ぬまでの時間をほんの一秒でも延ばせたら御の字だろう。

それでも俺は、前に進むのを止められなかった。

「まだ……諦めたく、ない……!! 俺は……この世界で、生きたい……!!」

やっと手に入ったんだ。俺の居場所、大切な家族、俺のことを待っていてくれる友達も。あるかどうかも分からない三度目に期待して、これを手放すことなんて出来るわけない。みっともなくても、無意味でも、何もせずただ諦めて死を受け入れるなんて……そんなのはもう、嫌なんだ!!

「っ、う、ぁ……‼」

だけど、限界を越えた俺の体は、俺の想いに応えてはくれなかった。

魔力が完全に尽きた俺の体は鉛のように重たくて、どうにか起き上がろうとしたところで崩れ落ちてしまう。

首に下げていたネックレスが外れ、地面を転がっていく。

どうにか這いずってそれに手を伸ばし、摑《つか》み取ったところで——ダメージから立ち直ったらしい巨大熊の影が、俺の上に覆い被さった。

「っ……お兄、様……‼」

ペンダントを胸に抱き、思い出すのはお兄様のこと。

俺は誰にも望まれない存在なんだって泣いていた時、精一杯俺のことを勇気付けようとしてくれたあの言葉だった。

——お前がそう思ってくれてる限り、お前は俺の妹で、俺はお前のお兄様だ。女神ディアナとグランベルの名に誓って、お前は俺が守ってやる。絶対に。

「たす、けて……」

ずっとずっと、前世の頃から、言いたくても言えなかったその言葉が、口から溢《こぼ》れる。

それを口にする資格だとか、迷惑だとか、そんなことは関係なく……ただ、俺の心からの願いが。

「助けて――お兄様ぁ!!」

「グオォォォ!!」

死の刃が、俺に向かって振り下ろされる。

出来ることなんてもう何もなくて、ただ、助けを求めて叫ぶことしか出来なかった俺の目に――一閃《いっせん》の、稲妻が映った。

「呼んだか、ユミエ!!」

「ギャオォォォ!?」

今まさに俺を貫こうとした刃が腕ごと斬り飛ばされ、巨大熊が悲鳴のような鳴き声を上げる。

そんなやつには目もくれず、真《ま》っ直《す》ぐに俺のもとに駆け寄ってくれた人物を見て、俺は涙が溢れるのを止められなかった。

「お兄様……本当に、お兄様ですか……?」

「当たり前だろ、俺以外の誰に見えるんだよ。……ごめんな、ユミエ、遅くなった」

「あぁ……あぁぁ……!!」

目も覚めるような黄金の髪。いつも俺のことを真っ直ぐに見てくれていたエメラルドグリーンの瞳。そして――俺のことをそっと抱き上げてくれる、力強くて温かい腕。

全部、お兄様だ。俺の大好きなお兄様だ。

そう思うと、もう、嬉しくてたまらなかった。

「怖かったよ……お兄様……!!　もう、お兄様と……みんなと、会えなくなるかと……!!」

「もう、大丈夫だよ。後のことは、俺に任せろ」

「ぐすっ……はい……!!」

お兄様が、俺の体を近くの木にもたせかける。

最後に一度だけ、軽く頭を撫でたお兄様は、剣を構えて振り返った。

「グオォォォ!!」

「……正直、お前のことは可哀想《かわいそう》なやつだと思ってる。人の都合でこんなところに連れて来られて、人の都合で斬り捨てられて……理不尽だよな」

だけど、と、お兄様は切っ先を空へ向ける。

その途端、足下に広がるのは巨大な魔法陣。

直径五メートルはありそうなそれが、お兄様の体から放たれる膨大な魔力を吸って唸《うな》りを上げ、バチバチと雷光が迸《ほとばし》る。

剣を通じて空へと昇る光の柱が刃となり、雷を纏う巨大な剣を形作る。

「相手が誰だろうが、どんな事情があろうが!!　俺は、ユミエを傷付けるやつを絶対に許さない!!」

そのあまりの迫力に、ついさっきまで絶大な力を振るっていたはずの熊でさえ、恐怖のあまり震え出し、踵《きびす》を返して逃げようとしていた。

「覚悟しろよ、熊野郎。これが俺の全力だ‼」

剣が、降って来る。

それはさながら、闇夜に輝く雷の如《ごと》き轟音《ごうおん》を鳴り響かせ、晴天の青空すら黄金色に染め上げた。

「《雷天神剣《ライトニングブレード》》‼」

あれだけ攻撃してもびくともしなかった熊が、その一撃で周囲の森ごと完全に消し飛ぶ。

大地が砕け、ガラス状に変質させる程の凄《すさ》まじいその威力に、俺は乾いた笑みを溢した。

「さすがに、やり過ぎだよ……モニカ、大丈夫かな……？」

方角からして、平気だと思うけど。

そんなことを考えながら、ついに限界を迎えた俺の意識は、深い眠りに落ちていくのだった。

# 第五章

# それぞれの結末

Episode.
05

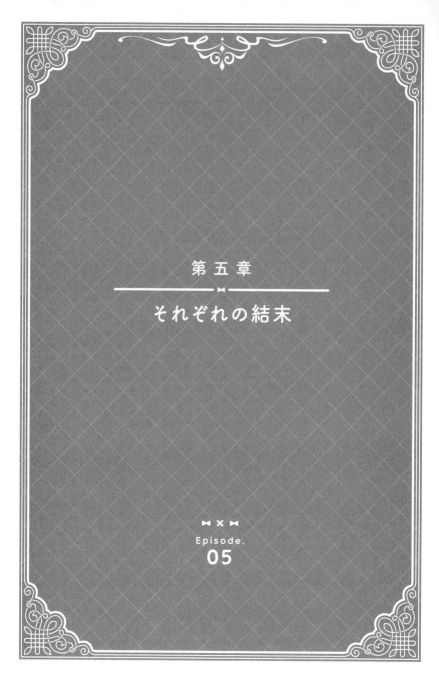

「ん……うぅ……？」

目を開けると、目の前にあったのは見知らぬ天井だった。

……ええと、俺、どうなったんだっけ？　確か、モニカ達と湖の畔《ほとり》でお茶会をして……それから……。

「お嬢様!!　気が付きましたか!!」

「……リサ？」

ボーッとあれこれ考えていると、視界に映る景色にリサの顔が入り込んできた。

今にも泣きそうなその顔に、胸が痛む。

「良かった……もう目を覚まさないのではないかと、心配しましたよ」

「……俺、どういう状況？　ここは……？」

「ここは、グランベル家が所有する別邸の一つです。国境近くにある町で、査察のために用意されたものを利用しています。……お嬢様は、もう三日もの間寝たきりだったのですよ」

「えっ、三日も!?　っ、いてて……」

「まだ動いてはいけません！」

驚きのあまり飛び起きたら、リサに押し止められてしまう。

なんでも俺、手足の肉離れやら捻挫やら、かなり体がボロボロになっていたらしい。骨は何とか無事だったらしいけど、特に魔力の完全枯渇がかなりまずい状態だったみたいで……治療が遅れていれば、たとえあの熊にやられなくても死んでいた可能性もあったんだとか。怖っ。

だけど、俺は一度体を起こそうとしたことで、あることに気が付いた。

俺の手を、ぎゅっと握っている人の存在だ。

「…………」

「お兄様……いつから？」

「最初からずっとです。お嬢様がお目覚めになるまで、絶対にここを離れないと言って聞きませんでした」

「そっか……」

俺の手を祈るように両手で包み、ベッドの端で力尽きたみたいに眠るお兄様。

目の下には隈《くま》が浮かび、どれだけ俺のことを心配してくれていたのか、聞かずとも分かってしまう。

「ありがとうございます、お兄様」

さらり、と眠るお兄様の髪を梳《と》かすように撫《な》でてあげると、お兄様が小さく身動《みじろ》ぎする。

やがて、うっすらと瞼《まぶた》を持ち上げたお兄様は、俺の方を見てガバッと体を起こした。

「ユミエ……目が覚めたんだな、良かった……!!」

「坊っちゃん、お気持ちは分かりますが、今抱きつくのはお嬢様の負担になってしまいます」

「っと、そ、そうだな」

お兄様が手を広げたところで、リサに肩を叩《たた》かれてその勢いが萎んでいく。

捨てられた子犬みたいなその姿に、俺はつい噴き出してしまった。

「それで……私が寝ている間に、どうなりましたか？　モニカさんや……他のご令嬢の皆さんは……？」

「全員無事です。お嬢様が身を挺《てい》して守ってくださったお陰ですよ」

「そっか……良かった……」

「良くないよ。聞いたぞ、ユミエ。お前、自分からあの魔物の気を引いて森の中に引きずり込んだんだってな？」

「え？　あ、はい……」

何やら風向きが怪しいぞ？　と不安になっていると、案の定というか、そこからはお兄様の説教が始まった。

守られるべき令嬢が騎士に頼らずに自ら危険な橋を渡るなんて間違ってると、こんこんと詰められてしまう。

「いえ、ですけど……ベルモント家の騎士さん達、びっくりするくらい頼りなかったですし……」

「頼りなくても押し付けて逃げればいいんだよ。それが騎士の役目なんだから」

わあすごい、お兄様、リサと同じようなこと言ってるよ。

ていうか、今もお兄様の後ろで首がもげそうなくらい頷《うなず》いてるし。

「本当に……心配したんだからな？」

「坊っちゃんの言う通りです。あのままお嬢様が戻って来なかったらと思うと、今でも震えが止まりません」

「……はい、すみませんでした」

あの巨大熊を引き付けたことも、モニカを守るために一人で賭けに出たことにも後悔はないけど、心配をかけたことだけは素直に謝らなくちゃいけない。

そう思って頭を下げる俺に、お兄様はふっと微笑《ほほえ》んで俺の髪を撫で……リサは、次はお前だと言わんばかりにお兄様の方を見た。

「お嬢様のことはひとまずこれで良しとしますが、坊っちゃんの話はこれからですからね」

「えっ、なんで俺⁉」

「当たり前です。旦那様からも、落ち着いたら代わりに説教しておいてくれと頼まれております」

お父様が直々に説教を頼むなんて、一体何をやらかしたんだ、お兄様。

本人も自覚がないのか、きょろきょろと視線を彷徨《さまよ》わせながら記憶の糸を辿《たど》ろうとしていて……そんなお兄様の様子に、リサは深々と溜《た》め息《いき》を溢《こぼ》す。

「まず、お嬢様を助ける際。いくらなんでも、全力を出し過ぎです。調査した方々によれば、あの近辺の森の地形が変わるほどの威力だったそうですね？　山を吹き飛ばすおつもりだったのですか？」

「いや、そ、それは……」

　リサの追及に、お兄様はそっと目を逸《そ》らす。

　地形が変わる威力って……最後まで直接見ていたけど、あれ、そんなに凄《すさ》まじい被害が出てたんだな……。

「それだけではありません。お嬢様を救出した後、ベルモント家の騎士に殴りかかったのはどうかと思います」

「えっ……殴ったんですか……？」

「いや、それは仕方ないだろ⁉　ユミエのことも、自分の主まで見捨てて逃げやがった腰抜け騎士だぞ⁉　むしろ、殴っただけで済ませた俺を褒めて欲しいくらいだよ‼」

　本当なら斬り捨てたかったとまで言い切られて、俺はちょっとコメントに困った。

　お兄様、他家の騎士を斬るのは流石《さすが》にダメだと思います。殴るのもダメだけど。

「お気持ちは分かります。何ならもっとやれと思いましたが、それでも我慢しなければならない時はあるのです。お気持ちは分かりますが」

　うん、リサもすっごく殴りたかったってことはよく伝わってきたよ。

　まあでも、そこでちゃんと我慢出来るのは偉い……。

「下手に手を出しては、相手にどっちもどっちだと譲歩を迫られてしまう可能性があります。あそこはぐっとこらえ、奥様の力を借りて確実に追い込むべきでした」

「そっか、なるほど……」

違った、殴るよりも更に追い詰めようとしてたんだ。リサ怖い。

だけど……それだけ俺のために怒ってくれてたんだと思うと、やっぱり嬉《うれ》しいかな。

「お兄様、リサも……ありがとうございます。だけど、あまり無茶はしたらダメですよ……？」

「いや、ユミエには言われたくない」

「お嬢様、鏡をお持ちしましょうか」

あれ、今度はこっちのターンだと思ったのに、普通に反撃されたんだけど。

俺が口をつぐんでいると、リサはやれやれと溜め息を溢した。

「ともかく……お嬢様はまだ目を覚ましたばかりです。あまり喋《しゃべ》ってばかりで体力を消耗してはいけませんから、そろそろお休みください」

そう言って、リサが俺に布団をかけ直す。

確かに、まだまだ辛《つら》いのは確かだ。本当はもっと話したいこともあるし、モニカ達の無事もちゃんとこの目で確かめたいけど……今はまだ、体が休息を欲してる。素直に寝るべきだろうな。

でも……それなら、せめて。

「お兄様は、ここで一緒に寝てください……」

「えっ、ここで？」

「はい……お兄様、寝てないんですよね……？　なら、ここでちゃんと、休んでいってください。それに……私も、一人は心細いです……」

「いや、そうしたいのはやまやまだけどさ、ユミエのこと寝相で潰しちゃうかもしれないし」

そう言って、お兄様はリサの方をちらっと見る。

いくら兄妹《きょうだい》とはいえ、結婚もしてない男女で一緒に寝るのは、貴族社会でいい顔はされない。二人きりならともかく、人目もある中でするのは流石に抵抗があるんだろう。

「……お兄様は……私と一緒に寝るの、嫌ですか？」

だから、こうすれば断れなくなるって分かった上で、思いっきり甘えてみた。潤んだ瞳でじっと見つめ、服の裾をぎゅっと摑《つか》む。

ピシリと固まり、動けなくなるお兄様。

そんな俺達を見て、リサが小さく溜め息を溢した。

「……私は何も見ていませんし、何も聞いていません。少し用がありますので、私は少々席を外しますが……この部屋には、しばらく誰も入って来ないと思われますので、ご承知おきくださいませ」

「分かった。ありがとな、リサ」

「はて、何のことか分かりません」

ガチャリと、扉を開けてリサが部屋の外へと向かう。

再びその扉が閉じ、部屋の中に静寂が戻ったところで、お兄様は俺のベッドに潜り込んできた。

そんなお兄様に、俺はすぐに思い切り抱き着く。

「っと……全く、ユミエは甘えん坊だな」

「今だけです。それに……まだ、ちゃんとお礼、言えてませんでしたから……」

「お礼？」

「約束……守ってくれて、ありがとうございました。あの時、お兄様が助けに来てくれて

……本当に、本当に……嬉しかったです」

お兄様の胸に顔を擦り付けながら、俺は素直な気持ちを吐露する。

石に齧《かじ》りついてでも生き残ってやるって、そう決意したあの時。魔力も尽きて、まともに走ることすら出来なくて、それでも諦めきれなかった俺が最後に縋《すが》ったのが、お兄様が交わしてくれた約束だった。

まさにそんなタイミングで、本当にお兄様が助けに来てくれるなんて思わないじゃん。ヒーローは遅れてやってくるって言うけど、あんな登場の仕方は卑怯《ひきょう》だよ。

全く……俺が本当に女の子だったら、惚《ほ》れてたよ？

「ああ……そんなの当たり前だろ。可愛い妹を守るのは兄の務めだ」

「えへへ……可愛くなかったら、守ってくれないんですか？」

「ユミエは何しても可愛いから、可愛くないユミエが想像出来ないんだけど」

「分かりませんよ……？　ある日突然、『俺、実は男なんだ』って言い出して、町のチンピラみたいに、粗暴な子になるかもしれないです……」

「はは、なんだそれ」

俺のたとえ話を聞いて、冗談だと思ったのか。お兄様は軽く笑い飛ばす。

けれど、たとえ冗談じゃなくても構わないとばかりに、俺の髪をそっと撫でた。

「もしそうなっても、ユミエが俺の妹であることに変わりないよ。悪いことしたら、すぐにお仕置きしに飛んでってやるから、覚悟しとけ？」

「ふふっ……可愛い妹に、お仕置きですか……？」

「それとこれとは別だよ」

何の迷いもなくそう言い切ってくれるお兄様に、俺は改めて感謝の念を抱く。

どんな自分も受け入れて貰《もら》えるって安心感。でも、だからこそ……良い子であろうって思える。

これから先も、お兄様にとって自慢の妹であり続けたいって。グランベルの名に恥じない娘でいようって。

「お兄様」

「ん？　今度はどうした？」

「大好きです」

そんな俺の想《おも》いを込めて、何度でもこの言葉を口にしよう。

想いの全部が伝わるまで。伝わっても、それ以上にたくさんのものが届くように、何度でも。

「ああ、俺も大好きだよ、ユミエ。だから、今はおやすみ。いい夢を」

「はい……おやすみなさい、お兄様」

お兄様の温かい優しさに包まれて、俺は目を閉じる。

俺はまだ、この世界でちゃんと生きてるんだって——その確かな実感を覚えながら。


「……ああ、旦那様。今、お嬢様は坊っちゃんとぐっすりおやすみ中ですので、お邪魔しない方がよろしいかと」

「む、そうか」

ユミエが、ニールと共に再び夢の中に旅立った頃。ユミエが目を覚ましたという一報を受けたカルロットがやって来たが、リサによって入室を拒否されてしまう。

坊っちゃんと、という一言で、中の状況も察したのだろう。一目様子を見たい、などと我《わ》が儘《まま》を言うこともなく、素直に引き下がった。

もっとも、その残念そうな表情を見れば、素直という評価には若干の疑問符がつくところだが。

「ベルモント家との話し合いは、どうなりましたか？」

「他家の令嬢を招いた茶会で、こんな事態になったのだ。騎士の選定も含め、厳重に抗議してきた。公的にも、個人的にもな」

個人的に、と言っているが、実際のところそちらの方が圧倒的に長かったのだろうと、リサは語られずとも容易に察した。

それほどまでに、ユミエの存在はグランベル家にとって、とても大きく重要なものになっている。

そして――重要だからこそ、抗議だけでその話し合いが終わるはずもないということも理解していた。

「旦那様。あの魔物は……ソードグリズリーは、誰が何の目的でこの国に呼び込んだのでしょう？」

「わからん。カースの奴《やつ》も、派閥の全てを把握出来ているとは言い難いからな、アールラウ家の当主も口を割らんし……困ったものだ」

はあ、と、カルロットは頭を抱える。

カース・ベルモント。ベルモント公爵家現当主とカルロットは、実のところ盟友とも言える間柄だった。

本人達は腐れ縁と称しているが、幾度も戦場で肩を並べた経験があり、互いにその人となりを信用しているのは明らかだ。

そんなカース公爵から、アールラウ家を取り巻く状況について詳しく話を聞いてなお、今回の事件を引き起こした元凶について、何も分からない。

「ソードグリズリーの移動経路は、明らかに不自然だった。誰かが、あの茶会に集まった令嬢達を狙って魔物を誘導したことは間違いないというのに……公的には、アールラウ家が密輸した魔物の取り扱いを誤った、ということで決着が付きそうだ」

「奥様のお力をお借りしても、無理なのでしょうか？」

「この結論を出したのが、リリエなんだ。通信魔道具で状況を説明したんだが……今回の相手は、この程度で尻尾を出すほど甘くないだろう、と」

貴族間のやり取りでさえ、未だに文通が主流のこの世界だが、遠距離通信の手段は既に存在する。

通信を繋げるために要求される魔力量が多く、混線による誤通信といった事故も発生しているなど、まだまだ問題の多い技術だが……こういった場面では非常に有用だ。

その結果を受けて、リサは難しい表情で唸《うな》る。

「そうですか……そうなると、想定される相手は限られますね」

王国最強の騎士と、グランベルが誇る最高の頭脳が力を合わせて尻尾を摑めないとなると、相手もまた生半可な力を持つ存在ではないということになる。

最低でも、伯爵家以上。それも、他家を矢面に立たせて外国との取引を行い、暗躍することが出来るとなれば、グランベル家よりも国内の立場は上だろう。

そんな家は、王家を含めても片手で数えられるほどの数しかいない。

「まあいい、今回はしてやられたが、次はない」

カルロットは、己の腰に携えた剣を軽く摑み、その存在を確かめる。

彼は元々、愛妻家として社交の場でも話題になるほどの人物だった。

一人息子が生まれてからはその傾向に拍車がかかり、口を開けば家族自慢ばかり。しかも、一度語り始めるとなかなか止まらない。

〝グランベル家の当主に家族の話題だけは絶対に振るな〟、というのが暗黙の了解となるほどには、家族想いな男だ。

そんな彼の手が届かない場所で、ユミエが傷付けられた。あと少しでも救援が遅れれば、死ぬところだったと聞かされた。

その恐怖と、沸き上がる怒りの感情は、傍《はた》から見ているよりもよほど激しく、彼の中で燃え上がっている。

「俺の家族に手を出したのだ。その報いは、必ずその身に刻み付けてくれる」

ピシリ、と、カルロットの近くの壁にヒビが入った。怒りに触発されて活性化した彼の魔力が、周囲の物に影響を与えているのだ。

当然、それは人間とて例外ではなく、気の弱い者なら卒倒してしまうほどの圧に冷や汗を流しながら、リサはどうにか口を開いた。

「旦那様、それ以上はお控えを。お嬢様にまで影響が及びます」

「む……す、すまない」

それまでの圧が嘘《うそ》のように鎮まり、申し訳なさそうに頬《ほお》を掻《か》くカルロット。

そんな彼に、リサはメイドとしての職分を果たすべく動き出す。

「お嬢様がもう一度目を覚まされるまで、まだしばらく時間がかかるでしょう。お茶を淹《い》れますので、こちらへ」

「ああ、頼む。何もしないで待つには……この時間は、長過ぎるからな」

苦笑を浮かべるカルロットを促し、リサはその場を後にする。

最後に一度だけ、病室を振り返って――小さく、個人的な願いを口にしながら。

「早く元気になってください、お嬢様。貴女《あなた》様がいない時間は……私にとっても、長過ぎますので」

「ですから、私は騙《だま》されたのです‼　まさか積み荷があのような危険物だなどとは夢にも思わず……‼」

「密輸に関して、法外な額の通行料を受け取っていたことは既に調べがついている。そんな言い逃れが通用するとは思うな」

王城に用意された罪人の取調室では、グヴリール・アールラウが王宮近衛《このえ》騎士の尋問を受けていた。

必死に容疑を否認し、身の潔白を主張しているが、騎士の男は薄い笑みを浮かべるばかりで、取り付く島もない。

「しょ、証拠は⁉　そのような証拠がどこにあるのですか⁉」

それでも、ここで罪状が確定してしまえば、グヴリールに待つのは身の破滅である。

いや、彼一人が破滅するだけならまだマシだ。下手をすれば、一族郎党粛清の憂き目に遭う可能性すらあった。

それだけは避けなければと、必死に言い募る。

「証拠ならある。この通り、いくらでもな」

「バ、バカな……!?」

しかし、そんなグヴリールの最後の足掻《あが》きを嘲笑《あざわら》うかのように、目の前に大量の証拠品が並べられた。

取引に使用した契約書、不自然な収支報告に、隠し財産の在《あ》り処《か》や金額まで。

もはや言い逃れ出来ないほどに大量の証拠が、〝不自然なほど〟大量に揃《そろ》っていた。

「こ、これほどの証拠を、一体どうやって……!?」

「我々を甘く見過ぎだ。こんなもの用意しようと思えばいくらでも出来る。そう、いくらでも……好きなだけな」

その一言を聞いて、グヴリールは察した。つまりこの男は、証拠が足りなければ捏造《ねつぞう》する用意さえあると、そう遠回しに宣言しているのだ。

卑怯なと、そう言いたかった。だが、出来ない。

少なくとも、彼が犯罪に手を染めていたことだけは確かなのだから。

「素直に白状しろ。そうすれば、財産の没収と爵位の返上だけで済む可能性はある。それとも、家族揃ってての打ち首がお望みか？」

「そ、そんな!!　財産と爵位を失ってしまえば、私は生きていけませぬ!!　どうか、ご慈悲を!!」

「自分の罪状がどれほどのものか、分かっていないようだな？　まさか、これほどのことをしでかしておいて、処刑されずに済むのがどれほどの温情か、分からないはずもあるまい？」

「っ……!!　分かり、ました……」

もはや自分は終わりなのだと、ようやく悟ったグヴリールは、自らが行った悪事について少しずつ白状していく。

ただ、その内容を聞いて、騎士の男はほとほと呆《あき》れ返った。主だった罪である密輸だけに絞っても、どうやらかなり手広く長期間にわたって繰り返していたようで、流出した品物も多ければ持ち込まれた物も多く、この悪事に関わった貴族家もまた数多い。全ての行方《ゆくえ》を追うことは、とても不可能だろう。

「なるほど。密輸に関しては、これから少しずつ明らかにしていくとしよう。だが、お前にかかっている容疑はそれだけではない」

すっかり項垂《うなだ》れてしまったグヴリールに、騎士の男は追い打ちをかけるように告げる。

ここからが本番だと、そう言わんばかりに。

「モニカ・ベルモント嬢を含む、貴族派令嬢達の暗殺未遂。こちらについても、お前が深く関与している。……間違いないな？」

「そ、それに関しましては、本当に事実無根であります!!　私はただ、〝あの御方《おかた》〟から指示された通り、開催場所の変更をモニカ嬢に提案しただけなのです!!」

密輸に関しては事実なので仕方がないが、やってもいないことまで罪を被《かぶ》せられてはたまらないと、グヴリールは知っている限りのことを洗いざらいぶちまける。特に、彼に指示を出した者に関しては、自身の罪を軽くするため、今回の尋問よりも前から何度も繰り返し白状していた。

そう、カルロットは「アールラウが口を割らない」と語っていたが、それは大きな間違いだ。グヴリールは、保身のためにとっくに全てを明らかにしていたのだ。

しかし、公的には彼が〝あの御方〟について語った事実はないものとされている。それはなぜか？

「そのような事実はない。あの御方が、お前のような者に頼み事をするはずがないだろう？」

「なっ……!?」

騎士の語ったその言葉に、グヴリールは絶句する。

そう、彼が行った証言は、その全てが記録されているわけではなかった。

これまで、グヴリールの尋問を行った騎士。あるいは、これから先何度か行うことになるであろう騎士も全て、その〝何者か〟の配下だったのだ。

切り捨てても構わない、あるいは最初から排除するつもりだった家の情報を隠れ蓑《みの》に、自身が関わった証拠の全てを握り潰す。そのために、尋問官すら全て自らの手勢で固めていたのだ。

「分かるか？　グヴリール・アールラウ。ここは既に、〝あの御方〟の懐の中なんだよ。分かったら、大人しく我々の言う通りに証言するんだ。――そうすれば、先ほど言った通り打ち首だけは回避させてやれる。精々、賢い選択をするんだな」

「…………」

事ここに至って、ようやく彼は理解した。

自分が一体、誰の配下に収まってしまっていたのかを。

どんな怪物の言いなりになって、悪事に手を染めていたのかということを。

そして……もはや自分が何をどう足掻こうとも、アールラウ家が辿る結末は変わらないのだということを。

「分かりました……ですから、せめて……命だけは……」

グヴリールの懇願に、騎士の男は満足気に頷く。

こうして、オルトリア王国の歴史からまた一つ、貴族の名が闇の中に葬られることとなった。

たった一つの真実を、胸の内に秘したままに。


「――以上が、国境付近で起こった事件の全貌となります」

「そうか。ありがとう、下がっていいぞ」

「はっ」

オルトリア王国、王都。その中枢たる城の一角にて。現在国政を担っている第一王子シグートは、部下からの報告を受け取って淡々と返す。

数多の業務に忙殺されている中で、結果だけ見れば軽微な被害で済んだ〝事故〟のことに気に掛ける余裕はない――そう言いたげに見えた部下は、言われるがままにすぐさま退室する。

しかし、当のシグートの内心は、部下が感じたものとはまるで正反対の荒れ模様だった。

（ユミエは無事か。ベルモント家や他の令嬢達も。……良かった）

今回の事件は、簡単に纏《まと》めてしまえば〝金に困った木っ端貴族が密輸業に手を染めた中で発生した偶発的な事故〟ということになっている。国内にいる取引相手の摘発など、まだやらなければならないことは残っているとはいえ、事件そのものはこれで終わりだ。

……終わって良かったと、シグートは心の底から安堵《あんど》する。

（今回の一件は、一歩間違えば家同士の戦争に発展しかねなかったからな）

ただでさえ、家族を溺愛していると噂《うわさ》されるグランベル家当主だ。娘が他家に招かれた先で死亡したとなれば、どんな事情であれ激昂《げきこう》するのは避けられない。

それは、ベルモント家にとっても同じこと。明らかに意図的な襲撃であると考えられる今回の一件で、公爵は大激怒。アールラウ家の取り潰しはほぼ確定だが、その裏で糸を引いていた者も徹底的に炙《あぶ》り出すと息巻き、娘の護衛に当たっていた騎士の他、家内の不穏分子も纏めて一掃するべく大粛清を行っているらしい。

――ひとまずは娘が無事だった、ということで、手加減していてくれたのだ。もし仮にこの波が派閥内の他家にまで及べば、確実に国内が荒れていただろう。

（カルロットの話によれば……犯人は、そうなることを望んでいた節がある、と）

あくまでもアールラウ家を矢面に立たせ、自らの介入は最小限に。それでいて、力ある貴族達が感情のタガを外すほどに怒るポイントを的確に突いて国内を荒そうとする、計画的な犯行。実行できるものはごく僅か。その中で、一連の流れが成就した時、もっとも得をするのは誰なのか。

ベルモント家の威信に傷を付け、グランベル家が貴族派に対して隔意を持つよう仕向け、粛清によってアールラウ家を始めとした貴族派の勢力を削り取ることを企《たくら》んでもおかしくない者――

（くそっ……やはり、一人しか思い浮かばん）

「殿下、お呼びでしょうか」

考え込むシグートの下に、一人の男がやって来た。

オルトリア王国の外交官、〝王族派〟筆頭の大貴族。アルウェ・ナイトハルト侯爵。

どこかご機嫌そうな彼の姿に、シグートは胡乱《うろん》げな眼差《まなざ》しを送った。

「ナイトハルト。貴殿は、西の国境で起こった〝事故〟について知っているか？」

「ええ、それはもちろん。ベルモント家には困ったものです、派閥内の取り纏めくらい、しっかりやって頂きたいものですね」

「困ったものだと言う割には、随分と嬉しそうじゃないか」

「当然でしょう？　貴族派の弱体化は、私の望むところですので」

全く隠す気がないその態度に、シグートは苛立《いらだ》ちを募らせる。

否、目の前にいるその男は、分かっているのだ。今この場で、自分を追及することなど出来るはずがないと。

今回の事件の全てを裏で操り、国を散々荒した男がアルウェであると、たとえ確信していたとしても……今のシグートに、それを糾弾するほどの証拠も、支持基盤も存在しない。王族派は、自分という存在があって初めて成り立っているのだと。

「そうか。……今日はお前に、一つだけ言いたいことがあって呼んだのだ」

「なんでしょう？」

「あまり図に乗るなよ、下衆《げす》が。いずれ必ず、僕の〝剣〟をお前の喉元に届かせてやる」

シグートのその言葉を聞いて、アルウェはしばし目を丸くし……可笑《おか》しくてたまらないとばかりに、笑い出した。

「くふっ、ふふふふ！　それは恐ろしい、何を勘違いなされているのかは分かりかねますが、私の忠誠心を疑われないよう、より一層精進したいと思います」

それでは、と、アルウェが退室していく。

その後ろ姿が見えなくなった後も、シグートはただじっと彼が去った扉を睨《にら》み続け——ふっと、肩の力を抜いて背もたれに体を預けた。

「ははは……全く、何一つ思い通りに行きやしない。これだから、権力者ってやつは」

憎々しげに、どこか自虐的に呟いた彼の頭を、ふと一人の少女の顔が過《よぎ》る。

純粋で、真《ま》っ直《す》ぐで、誰からも愛される不思議な笑顔を思い出し、シグートは虚空へと手を伸ばした。

「なんだか、無性に君に会いたくなってきたよ……ユミエ」

だが、それは許されない。少なくとも、目の前にある大量の仕事が片付くまでは。

そんな自らの状況を憂えて、シグートは今一度、大きな溜め息を溢すのだった。


シグートの部屋を退室した後、アルウェは浮かべていた笑みを消し、忌々しげに舌打ちを漏らす。

今回の企みで、彼の狙いはある程度達成されたように見えるが、実のところかなり不十分だった。

貴族派の内部はベルモント家の粛清で弱体化するだろうが、それは一時的なもの。不要な膿《うみ》を取り除いた派閥は、後々時間が経《た》てば経つほど更なる脅威となって立ちはだかるだろう。

あのお茶会に参加した令嬢の内、半分でも命を落としていれば……派閥の内外に消えない火種を残すことも出来たはずだと思うと、やはり納得がいかない。

「それもこれも、ユミエ・グランベル……彼女のせいですか」

ベルモント家の娘を唆し、使い物にならない騎士を安く斡旋《あっせん》してみたり。アールラウ家を操って、都合よく罪を押し付けられる形で襲撃を企てたりと、今回の作戦にはそれなりに手間と時間をかけている。

だというのに、ロクな成果を得られなかった。その原因は、間違いなくあの娘にあるだろう。

騎士にも頼らず、自らの意思と力で魔物を引き付け、立ち向かい、令嬢達を守り抜いた。グランベル家が誇る武力の、その欠片《かけら》すらも引き継げなかった出来損ないの分際で。

いや、そもそも——アールラウ家という手駒をここで切り捨ててまで動かなければならなくなったのも、グランベル家が予想よりずっと早くお家騒動から立ち直り、シグートと接近し始めたからだ。

それら全ての裏に、ユミエ・グランベルの存在がある。

特別な力を何も持たず、特別優れた頭脳を有しているわけでもなく、ただ持ち前の愛嬌《あいきょう》と振る舞い、度胸と覚悟だけで状況を動かし、好転させている。

何をしでかすか分からないという意味では、絶大な武力を持つ彼女の父や兄よりもよほど恐ろしいとさえ思った。

「せめて、彼女一人だけでも仕留められれば違ったというのに……」

「アルウェ……様」

そんな時、彼の背後に小柄な少女が現れた。

全身をローブに包んだ異形の少女は、ただ命じられた通りに動く人形のように言葉を紡ぐ。

「早く帰ってこい、と、奥様がお呼びです……今後の、話が、したいと……!?」

その途中、少女の話は強制的に中断させられた。

アルウェに蹴り飛ばされた腹を押さえ、その場に蹲《うずくま》って震える少女に、彼は冷たく言い放つ。

「何の成果も挙げられなかったというのに、全く反省の色が見えませんね……その癖、私に指図とは、随分と偉くなったものです」

「げほっ……私、は……言われたことは、やりました……魔物を、あそこに……誘導するだけで、いいって……それ以外は、何も……」

「私の言葉の意図すら汲《く》み取れないのですか？　あなたについているこの頭は、飾りですか？」

「うぐっ……」

頭をわし摑みにされ、少女が呻《うめ》く。だが、それ以上は何も抵抗しようとしない。

そんな彼女を見て興が削《そ》がれたとばかりに、アルウェは少女を適当に投げ捨てた。

「ふん、まあいいでしょう、たまには家に顔を出さなければ、妻がうるさいのはいつものことです。ほら、行きますよ」

「…………」

文句の一つも言わずに起き上がった少女は、無言のままにアルウェの後に続いて歩き出す。

そんな中で思い出すのは、森の中で——魔物の最期を見届けるまでの間に目撃した、ユミエのことだった。

アルウェに、その時のことを失態と罵られたからだろう。はっきりと思い出した彼女に対し、しかし負の感情は覚えない。むしろ、その逆だった。

「……この世界で、生きたい、か……」

限界ギリギリまで追い詰められたユミエが口にした、生への執着。少女はそれを、とても綺《き》麗《れい》だと感じた。

ずっと傍《そば》で見ていられたらと、そう夢想してしまうほどに。

「また、会いたいな……あの子に」

ボロボロの体に、微《かす》かな希望を抱いて。

異形の少女は、闇の中へと消えていった。

俺が意識を取り戻してから数日後、ようやく歩き回れるくらいになったのもあって、ついにグランベル領に戻ることになった。

まだ馬車での移動は辛いだろうし、もう少しゆっくりしていったらどうかってお医者さんには言われたけど、このまま完治するまで待っていたら、いつお母様に会えるようになるか分かったもんじゃない。

お兄様に加えて、お父様までこっちに来て俺の面倒を見てくれてたから、お母様まで屋敷を離れるわけにはいかないみたいなんだよね。

俺が目を覚ましたことはとっくに連絡済みみたいだけど、ちゃんと面と向かって無事な姿を見せてあげたいし、何より……俺自身、早くお母様に会いたい。

そんなわけで、まだ上手《うま》く歩けない俺をお兄様がエスコートして、馬車まで引き上げようとしてくれる。

そこへ、俺を引き留める大きな声が響いてきた。

「ま、待ってくださいまし!!」

「あ……モニカ様！　お久しぶりです。お元気そうで、何よりです」

実のところ、例の魔物襲撃以来、モニカに会うのはこれが始めてだった。

意識を取り戻してからも一週間くらいはここで過ごしていたんだけど、なかなか顔を合わせる機会がなかったのだ。

モニカの体調に関しては、特に怪我《けが》もなくどこも問題ないと聞いていたものの、こうして顔を見るまでは安心も出来なかったからな。元気そうで良かった。

「そ、それは……ユミエさんが守ってくださりましたから、当然ですわ……」

「あはは……結局私は何も出来ませんでしたから、気にしないでください。あの魔物を最後に倒してくださったのも、お兄様ですし」

「そんなことありませんわ！　ユミエさんがいてくださらなかったら、一体どれほどの被害が出ていたことか……私が企画したお茶会でそのようなことになっていれば、もはや私は社会的に死んだも同然でした。ユミエさんは、私の命の恩人と言っても過言ではありません」

「そ、そこまでですか？」

俺なんて、精々お兄様が来るまでの繋《つな》ぎ役くらいだと思っていたのに、モニカは俺の想像以上に恩に感じてくれていたらしい。正直、そこまで考えてなかったので反応に困る。

そんな俺の気を知ってか知らずか、モニカはなおも語り続けた。

「浅はかな考えで、皆さんを危険に晒《さら》した私を、それでも身を挺《てい》して守ってくださったユミエさんは、まさしく私の運命の王子様でしたわ。もう、他の方なんて考えられないくらい

「……」

赤くなった顔で、モニカが一歩俺に近付いて来た。

えっ、と、状況の変化についていけないまま固まる俺を、モニカが唐突に抱き締めて――頬にそっとキスされる。

「ベルモントの娘は、受けた恩を忘れません。生涯あなたをお慕いすると誓いますわ」

「え、ええと……ありがとうございます？」

どう答えたらいいか分からなくて、俺は疑問形でそう返す。

ちゃんと返答になっているか不安だったけど、モニカはそれでも構わないとばかりに笑みを浮かべ、俺から離れていった。

「またお会いしましょう、ユミエさん。今度は、私の方から会いに行きますわ」

「はい、お待ちしております、モニカ様」

手を振り合って、別れの挨拶をする俺とモニカの二人。

そんな俺達を見て、お兄様がポツリと溢す。

「ユミエ……相手が女の子でも、俺はそう簡単には認めないからな？」

「……はい？」

何の話か分からず、俺は首を傾《かし》げる。

そんな俺を、お兄様はくしゃくしゃと撫で、今度こそ馬車に乗せるのだった。

# 第五章
## それぞれの結末

私の名前はモニカ・ベルモント。誇り高き、ベルモント公爵家の令嬢ですわ。

高い魔法の素質を持ち、誰からも将来を期待される私ですが……最近、悩みがありますの。

「ユミエさん……そろそろ、グランベル領に到着した頃でしょうか……」

部屋の窓辺に肘を置き、溜め息を一つ。

ユミエ・グランベル。少し前までは、私が一方的に毛嫌いし、嫌がらせ染みたことを繰り返していた相手ですが……私の浅はかな企みで危険に晒してしまったことを気にも留めず、命懸けで私を助けてくださった恩人です。

魔物を前に、普段社交の場で散々自慢し、話の種にしている魔法すら使えなくなってしまった足手纏いの私を見捨てることなく、あなたがいるから頑張れるのだと励ましてさえくださった、立派な人。

私の……夢にまで見た、理想の王子様。

「はあ……」

「お嬢様、先ほどからずっとあのように窓に向かって溜め息を吐《つ》かれて……大丈夫でしょうか？」

「あんな事件があったんだ、ショックからなかなか立ち直れないのだろう。そっとしておいて差し上げよう」

使用人の皆さんが、何やら少し勘違いをしているような気がしますけれど、訂正する気にもなれません。

それくらい、私の頭の中は彼女のことでいっぱいでした。

「会いたいですわ……」

記憶に焼き付いて離れない、彼女の勇姿。

普段はコロコロと笑う小動物のようなユミエさんが、目前の危機を前にして怯《ひる》むどころか、雄々しい猛獣のように魔物に立ち向かっていきました。

私より、ずっと弱い魔法しか使えないのに。

彼女にだって、恐怖心はあったはずなのに。

それら全てを踏み越えて、私のために戦ってくださったあの姿を思い返すだけで、今でも胸が高鳴ってしまいます。

「モニカ、今いいか？」

「あ、はい、お父様」

声に反応して振り返れば、そこには私の父親……ベルモント家当主、カース・ベルモントが立っていた。

椅子を引っ張り出し、私の傍に腰かけたお父様は、心配そうな眼差しで私を見つめる。

「あれからしばらく経ったが、落ち着いたか？」

「はい、私は何の問題もございませんわ、大丈夫です」

「そうか？　使用人達からは、ずっとモニカの元気がないと聞かされているのだが……」

訂正を入れるのを長らく怠っていたせいで、お父様の耳にまで届いてしまったようですわね。

ちょうど相談したいこともありましたし、この機会にちゃんと訂正を入れておきましょうか。

「違いますわ。確かに思い悩んではいますが、先日の事件のことではありません」

「そうか、ならいいが……一応、現状について共有しておくぞ」

「お願いしますわ」

事件そのものについて悩んでいるわけではないのは本当ですが、あの事件の原因に関しては私も無視出来ることではありません。お父様の話に耳を傾けます。

「今回の一件は、どうも王族派のかなり上位の貴族が絡んでいるようだ。グランベル家の令嬢がいるタイミングを狙ったのは、あの家が我々貴族派とも分け隔てなく交流を続ける、中立寄りの家だからだろう」

「私が招待したお茶会の場で令嬢達を暗殺することで、ベルモント家の名に傷を付け、派閥全体の連携を乱す……あるいは、暴発させることが目的だったと、そういうことですわね？」

私も、政治のことは日夜ちゃんと勉強しておりますので、貴族派と王族派の派閥争いについ

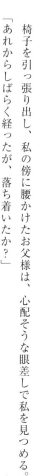

ては承知しております。

どちらも一歩も譲らず、国王が病に倒れたこともあって、お父様ですら派閥の取り纏めに苦労なさっているとは聞かされていましたが……まさか、ここまで直接的な手段に訴える者が現れるほど、状況が逼迫《ひっぱく》していただなんて。

「二度とこのようなことが起きぬよう、改めてベルモント家内部の裏切り者を炙り出しているところだ。不便をかけて申し訳ないが……終わるまで、もう少し待っていてくれ」

私がこうして窓辺でずっと黄昏《たそがれ》ているのは、お父様の指示でもありました。

私が個人的に雇い入れたとはいえ、あくまでもベルモントの名に連なる騎士が、私を見捨てて逃げ出した。調べてみたところ、どうも王族派の息がかかっていたらしいことまで判明しております。

他にもスパイはいないのか、ちゃんと信用出来る人間なのか……家臣達の背後関係を今一度洗い直すまで、下手に動かない方がいいという判断ですの。

それ自体は、とても正しいことだと思うのですが……。

「実は、そのことで相談があるのです」

「む、なんだ？」

「ベルモント家内部の人間が信用しきれなくなっている今、いっそ信用出来る他家に身を寄せた方が安心なのではないでしょうか？」

「むむ……確かに一理あるが、王宮は駄目だぞ？　あそこは一枚岩ではないし、腹の中で何を考えているか分からん連中が多すぎる」

私が心細さを覚えて頼る相手が、シグート王子だと思われているのでしょう。お父様は、まだどことも言っていないのに先んじて釘《くぎ》を刺そうとします。

そんなお父様に苦笑しながら、私は首を横に振りました。

「違いますよ、私が向かいたいのはグランベル家です」

「グランベル？　確かに、あの家も今回の被害者だ、王族派とはいえ、この家や王宮よりは安心出来るやもしれないが……急に、どうした？」

意外に思ったのか、お父様は目を丸くします。

そこでいいのか？　と問いたげなお父様に頷きつつ、私は最後に、もっとも大事なことについて尋ねました。

「それから、お父様。……婚約者って、女の子でもありですの？」

「…………は？」

# エピローグ

Epilogue.

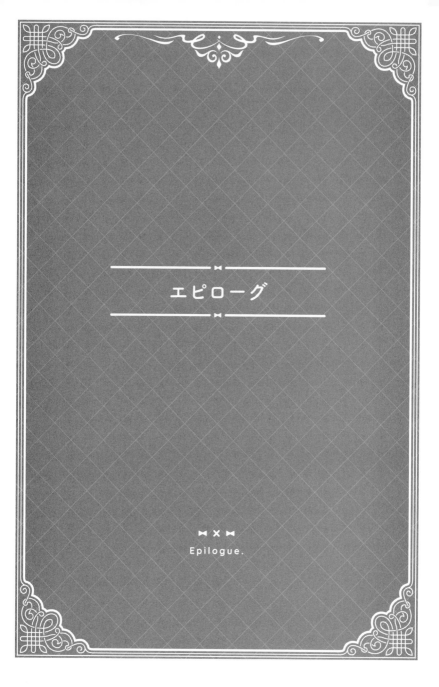

西の国境付近にあった町から、グランベル領まで数時間の旅。

魔法によって強化された馬は、大きくて重い馬車を引いてなお風のように速く走るし、車体そのものにも魔法がかかっていて、前世の自動車並の速度で動く車体の揺れを抑えつつ、急な停止やカーブがあっても問題がないようにあらゆる衝撃を吸収してくれる。

そんな馬車だけど、やっぱり何時間も座っていれば疲れるし、俺の場合はまだ体が完治しているとは言い難い状態だ。手足は痛むし、体も怠《だる》い。

だけど俺は、そんな体の事情を完全に無視して、馬車がグランベル家の屋敷に到着するなり外へ飛び出した。

「おいユミエ、そんなに急ぐと危ないぞ！」

「そんなに慌てなくても、家は逃げないぞ、ユミエ」

「分かっています、だけど、早く会いたくて！」

お兄様とお父様に注意されるけど、俺は構わず走り出そうとする。

けれどそれよりも早く、屋敷の方から走って来る一人の女性が目に入った。

「ユミエ！」

「お母様ー！」

今にも泣きそうな顔で走るお母様を目にして、俺もすぐにそっちに向かおうとして……途中で、足をもつれさせて転んでしまう。

そんな俺を、お母様が受け止めてくれた。

「ユミエ……!!　大丈夫？　どこか、怪我《けが》は？」

「えへへ、もう大丈夫ですよ、お母様。ちゃんと治してきましたから」

本当はまだちょっと痛むけど、それも少しだけだ。動いたからって悪化するほどじゃないし、すぐに引くだろう。

だから、胸を張ってそう答えたんだけど、お母様には通じなかった。

「嘘《うそ》おっしゃい！　そもそも、治してきたということは、怪我をしたことは確かなのでしょう？　もう、心配ばかりかけて」

「うぅ、ごめんなさい……」

「全く、もう……」

しゅん、と俯《うつむ》く俺を、お母様が抱き締める。

柔らかな抱擁に包まれた俺の耳元で、お母様は優しく囁《ささや》いた。

「無事でよかったわ、ユミエ。おかえりなさい」

「えへへ……ただいまです、お母様」

ぎゅうっと、俺の方からも腕を回して、思い切り抱き返す。

そんな俺達のところに、お兄様とお父様が追いついて来た。

「リリエ、ユミエ。気持ちは分かるが、いつまでもこんなところにいては体に毒だぞ。家の中で、存分に抱き合えばいい。……だからユミエ、こっちに来い。父さんが抱っこして運んでやろう」

「ちょっと父様、何をどさくさに紛《まぎ》れてユミエを抱っこしようとしてるのさ！　そういうのは俺の役目だ！」

「待てニール、馬車に乗せる時のエスコートをお前に譲ったのだから、馬車から屋敷までは俺に譲るのが平等というものだろう。ユミエを独占するのは納得いかんぞ」

そしてなぜか、二人で俺を取り合って喧嘩《けんか》し始めた。

何してるんだ、この二人は。

「全く……何を言っているんですか、あなた達は」

そうそう、もっと言ってやって、お母様。

「平等というのなら、ユミエが療養している間、ずっと一人で屋敷にいた私にこそ権利があります。さあ、行きましょうか、ユミエ」

「あ、はい」

違った、お母様も平然と取り合いに参加したし、しかも強制的に俺を抱き上げてしまった。

反論しにくい理由に、お父様とお兄様も反論を口に出来なくて困っている。

「くっ……そう言われては、譲る他ない、な……」

「ユミエぇ……」

「ぷっ、あはは……！」

苦渋の表情を浮かべるお父様と、捨てられた犬みたいになってるお兄様を見て、つい噴き出してしまう。

本当に、たかが俺の抱っこ一つで、何をやっているんだか。

でも、そうやってストレートに愛情表現してくれる家族の存在に、俺は改めて感謝の念を抱く。

「私はどこにも、いなくなったりしません。ちゃんとここにいますから……みんな仲良く順番に、です」

そう言って、俺は笑顔を見せる。

今俺が感じている幸せがどれほどのものか、ちょっとでも多く伝わればいいと、そう願って。

精一杯の、満面の笑みを。

「私は、お兄様も、お父様もお母様も……みんなみんな、大好きですから！」

こうして俺は、グランベル家での平穏な日々に戻って来た。

たとえこの平穏が、すぐに誰かの悪意によって崩されてしまうような儚《はかな》いものだったとしても、関係ない。何度壊されても、俺がこの家族に笑顔を取り戻してみせる。

なんてったって……ここで過ごすこの一秒一秒が、俺にとって、何よりも掛けがえのない宝物なんだから。

# 登場人物紹介

## ユミエ・グランベル

異世界に転生してきた主人公。

本来のユミエは引っ込み思案で、忌み子としてグランベル家から虐げられていた。

主人公の人格に変わってからは、とにかく前向きで明るい性格。壊れた家族のグランベル家を修復するために自らの可愛さを武器に籠絡作戦を企てる。

## ニール・グランベル

グランベル伯爵家の長男。幼い頃から父譲りの剣と魔法の才能を見せる天才児。

仲の良い両親から溺愛されて育ったこともあって、家族は何よりも優先して守るべきものだと思っている。ユミエが家にやって来てからは、壊れていく家族を自分がどうにかしなければと気を張り詰め続けていた。ユミエの籠絡作戦が始まるや否や立派なシスコンになってしまう。

## シグート・ディア・オルトリア

オルトリア王国第一王子にして、第一王位継承者。

グランベル家を家庭崩壊寸前から立て直したユミエに強い興味を持ち、貴族らしからぬ真っ直ぐで純粋な優しさを尊く感じ、つい悪戯心が湧いてしまう。

## マニラ

高級服飾店セナートブティックのオーナーの娘。デザイナーとしての才能はあるが、気弱な性格もあって人前に立つのが苦手。普段は引っ込み思案であまり前に立って話すのは得意ではない。

## モニカ・ベルモント

ベルモント公爵家の令嬢。高位貴族としての教育と両親の溺愛もあって、自分より優れた同年代はいないと思っている。

ユミエの披露した魔法の技量に圧倒され、口論でも負けた（と思い込んでいる）ことで一方的にライバル視するようになる。

## 謎の少女

ナイトハルト家の奴隷。
魔物・ソードグリズリーをユミエやモニカたちに仕向ける。

# あとがき

初めましての方は初めまして。ジャジャ丸《まる》です。この度は『転生した俺が可愛いすぎるので、愛されキャラを目指してがんばります』をご購入いただきありがとうございます。

こちらの作品は、カクヨムで連載していた『せっかく女の子に転生したんだから、俺なりに「可愛い」の頂点を極めてみようと思う』がカクヨムWeb小説コンテストで特別賞を頂き、書籍用にほぼ一から書き直した作品になるのですが、作品のテーマはずばり「可愛いは正義」「ご都合主義で何が悪い」です。

創作において何かと忌避されがちなご都合主義。ですが、みんな本当は心のどこかでご都合主義を求めているはず。どんなに辛《つら》いことがあろうと、どんなに劣悪な関係になろうと、もう一度みんなで笑い合い、幸せに暮らせるような都合の良い夢があったっていいじゃないか。そんな思いで書き上げました。

ですので、作品のテーマを体現していると言っても過言ではないユミエちゃんは、とことん前向きで明るい子に仕上げています。

過去のトラウマ、不安な気持ち、弱音を吐きたくなるような困難に何度直面しても、真《ま》っ直《す》ぐひたむきに走り抜けるユミエちゃん。そんな彼女が周囲を引っ張り奮起させ、あるいは周囲を頼って甘える中で絆《きずな》を紡ぎ、たくさんの笑顔の花を咲かせていく。そんな展開に少しでも癒されて頂けたなら、作家冥利に尽きるというものです。

# Afterword ⧓ × ⧓ ×

ちなみに、少し本文のネタバレになりますが、作品内に過呼吸への対処としてペーパーパック法（ビニール袋で口を塞ぐ）のようなものが出て来ます。これ、実は窒息の危険があるのであまりやらない方が良いそうですね。

　更に言うと、本編の方ではビニール袋の代わりに人工呼吸で代用していますが、これは本当にそれそのものに意味はありません。ただ、過呼吸は一種のパニック状態によって引き起こされるものなので、キスによってストレスの原因から意識が逸れると治ることもあるようです。本編のアレは怪我の功名（？）というやつですね、皆さんは真似しないように。

　ここからは謝辞です。

　この度カクヨムコンで拾い上げてくださった担当のY様。締切を前倒す度に「早い……!!」と驚いてくださったお陰で、私の執筆速度は普段より五割り増しになってバリバリ書き進めております。ありがとうございます。

　素敵なイラストを描いてくださったイラストレーターのにわ田さんも、ありがとうございます。着々と届くうちの子達の可愛さに、作者の方が日々メロメロになっておりました。

　アフターグロウのNさんも、カバーデザイン等で大変お世話になりました。お陰様で可愛らしい世界観がより引き立ちました、ありがとうございます。

　他にも、あまり伸びないweb評価に何度も大丈夫だと励ましてくださったTwitter（現X）の友人や読者の皆様、そしてご協力いただいた編集部の皆様も、本当にありがとうございました。

　それでは、また次回お会い出来ることを願っております。

# 転生した俺が可愛いすぎるので、愛されキャラを目指してがんばります 1

2023年12月28日　初版発行

著　ジャジャ丸
画　にわ田

発行者　山下直久
編集長　藤田明子
担当　山口真孝
装丁　AFTERGLOW
編集　ホビー書籍編集部
発行　株式会社KADOKAWA
〒102-8177 東京都千代田区富士見2-13-3
電話 0570-002-301（ナビダイヤル）
印刷・製本　図書印刷株式会社

●お問い合わせ
https://www.kadokawa.co.jp/（「お問い合わせ」へお進みください）※内容によっては、お答えできない場合があります。※サポートは日本国内のみとさせていただきます。※Japanese text only

本書は著作権法上の保護を受けています。本書の無断複製（コピー、スキャン、デジタル化等）並びに無断複製物の譲渡および配信は、著作権法上での例外を除き禁じられています。また、本書を代行業者等の第三者に依頼して複製する行為は、たとえ個人や家庭内での利用であっても一切認められておりません。

本書におけるサービスのご利用、プレゼントのご応募等に関連してお客様からご提供いただいた個人情報につきましては、弊社のプライバシーポリシー（https://www.kadokawa.co.jp/）の定めるところにより、取り扱わせていただきます。

定価はカバーに表示してあります。

©Jajamaru 2023 Printed in Japan　ISBN 978-4-04-737761-5　C0093

「本書は、2023年にカクヨムで実施された「第8回カクヨムWeb小説コンテスト」で特別賞を受賞した「せっかく女の子に転生したんだから、俺なりに「可愛い」の頂点を極めてみようと思う」を加筆修正したものです。

転生した俺が可愛いすぎるので、愛されキャラを目指してがんばります 2

［著］ジャジャ丸

［画］にわ田

2024年初夏発売予定!!